U0667770

蒋述卓 主编

七色光海外华文散文丛书

盛期
我与你
总是擦肩而过

DURING THE

PRIME TIME

I ALWAYS

MISS YOU

亦夫 著

南方出版传媒

花城出版社

中国·广州

图书在版编目（ＣＩＰ）数据

盛期，我与你总是擦肩而过 / 亦夫著. —— 广州：
花城出版社，2017.11
（"七色光"海外华文散文丛书 / 蒋述卓主编）
ISBN 978-7-5360-8425-4

Ⅰ．①盛… Ⅱ．①亦… Ⅲ．①散文集－中国－当代
Ⅳ．①I267

中国版本图书馆CIP数据核字(2017)第214414号

出 版 人：詹秀敏
责任编辑：蔡 安　欧阳蒨　李珊珊
技术编辑：薛伟民　凌春梅
封面设计：张红霞

书　　名　盛期，我与你总是擦肩而过
　　　　　SHENG QI, WO YU NI ZONG SHI CA JIAN ER GUO
出版发行　花城出版社
　　　　　（广州市环市东路水荫路 11 号）
经　　销　全国新华书店
印　　刷　佛山市浩文彩色印刷有限公司
　　　　　（广东省佛山市南海区狮山科技工业园 A 区）
开　　本　787 毫米×1092 毫米　16 开
印　　张　14.25　2 插页
字　　数　150,000 字
版　　次　2017 年 11 月第 1 版　2017 年 11 月第 1 次印刷
定　　价　49.80 元

如发现印装质量问题，请直接与印刷厂联系调换。
购书热线：020－37604658　37602954
花城出版社网站：http://www.fcph.com.cn

这天寺内空无一人，妙见寺依旧用它的平静和沉默，接待了我这个曾经的邻人。我望着眼前一成不变的建筑和树木，仿佛又回到了以前的某个午后，似乎时间就此停顿，这十数年的光阴从来就不曾流逝过一分……

永也

总序　　心的宽广与光的斑斓

蒋述卓

多年来，在海内外侨界与华人社区中流传着这样的一句话，"凡有海水的地方就有华人"。尤其是进入20世纪80年代以来，随着改革开放的步伐，出现了更多的华人移民。如今，可以说，四海五洲凡有人居住之地，几乎都有华人的身影，而只要有华人居住与扎根的地方，就会有华文文学生长的契机与土壤。

从美国的"天使岛"诗歌到聂华苓、於梨华、张错再到严歌苓和加拿大的张翎、陈河、曾晓文，北美地区的华文文学走过的百年路程和取得的傲人成绩令人肃然起敬；欧洲则有从赵淑侠、池莲子、林湄、章平到虹影、杨雪萍、老木、谢凌洁等覆盖全欧洲领域的欧洲华文文学胜景；亚洲，在原来的东南亚华文文学兴盛的同时，如今的东北亚国家如日本、韩国等也崛起了华文文学的山峦；大洋洲、非洲乃至中南美洲，华文作家也正在集聚着创作爆发的力量。一代又一代海外华文作家，接力华文文学创作，共同创造了海外华文文苑的庞大气象和繁盛局面。尤其是进入21世纪以来，不少海外华文作家的作品不断在国内重要文学刊物如《中国作家》《十月》《收获》《花城》《人民文学》等上发表，并屡屡获得多种奖项，拥有海内外大批"粉丝"，产生着重要影响，构成了海外华文文学一道道亮丽的风景线。

海外华文作家居住海外，有着不同于中国的生活体验和感受，他们当中有的是前好几代就已移居他国的华裔，早已融入当地的生活，他们的作品犹如一面面镜子，直射、折射或者反射着异域的种种风物风情，他们的心也似一束束充满能量的光透视着这个丰富而复杂的世界。无论是书写当下还是回忆往事，无论是叙实还是虚构，都呈现出耀眼的斑斓。欧洲的杰出作家罗曼·罗兰说过，作家的创作需要有"心之光"的照射。批评家艾布拉姆斯则将欧洲文学理论的发展梳理为"镜与灯"两个喻象。文学是人学，它首先需要"心"之"光"的照射与透视，世界现实的复杂多变才能经过作家"心"之"光"的过滤与影射，呈现出斑驳陆离的七色之光——"赤橙黄绿青蓝紫"，令人心荡神移、迷醉沉浸。丛书冠名以"七色光"，正是此意。

此丛书首推八种，旨在呈现一批中生代、新生代的优秀海外华文作家的创作实绩，体现海外华文文学领域的新感觉、新面貌和新趋势。在这些作家中，有的是小说作者，他们的小说不少曾在国内外获得大奖，但他们的散文作品并没有得到相应的关注，尤其是在他们集子里收录了一些访谈与创作谈，从中可以看出他们的心路历程，这也是为华文文坛提供一种有益的研究资料。这些作家中还有比较陌生的面孔，有的还是跨界的作家，他们带给丛书一种清新的文风和别样的文学之气。

总之，丛书的宗旨是着眼于"新"与"透"。"新"在于新人新作，包括推出新生代的作家以及虽不为人熟知但却能展现华文文学创作新力量的中生代作家；"透"则在于表现出通脱剔透的散文风格，能透露出七色之光的散文新格局与新气象。

我们与五洲四海的华文作家一道行走在文学的漫漫长路上，我们共同在努力着！

二〇一七年六月六日

目录

我的河流

生长于干燥粗粝的黄土高原，缘水而居自然成了我自幼的夙愿。一条河流，或宽或窄，或波涛汹涌，或风平浪静，在不远处与你为邻，共同分享漫长时光里的喜悦和忧伤，丰润和荒凉，想想都为之心动。然而这个看似简单的愿景，在现实中却是一种类似于缘分的奢望，是可遇而不可求的。在北京这座同样缺水的北方之城中，我从求学到转职多家单位，前后历时数十年，住所也换了一处又一处。那条梦中的河不但从未出现过，甚至在我越来越世故的想象中彻底消失了。

十多年前移居东瀛，头两年租住在东京周边的稻城市。房子狭小且陈旧，但让我欣欣然的是，附近有一条名为多摩川的河流。说是附近，其实骑车需要十多分钟方能抵达。我是个客居他乡的闲人，常常独坐河边，长时间默不作声地看着不算开阔的河面，如同在凝视一个被遗忘多时的梦中情人。多摩川悄无声息地流淌着，像一个赶路的旅人，目光向前，无暇旁顾，这让我有一丝被冷落的怅然。这样的感觉久了，曾让我为之欢呼雀跃的多摩川，渐渐在我的关于河流的记忆中流向远方……我把对一条河在情感上的疏远归因于距离：多摩川还是太远了，它是别人的河流，而不是我的。

购买现居前曾数度前往实地考察，也许是入口的差别，并不知道居然有一条河近在咫尺。搬家的那天黄昏，我到四周散步，离开小区，从东边一条小巷刚走出去，就立即被眼前的一幕惊呆了：金红色的夕阳中，一条蜿蜒的河流陡然出现在眼前，如此突兀、如此切近，像一个失联已久的老友忽然出现在眼前，让我顿生喜悦和亲切。夕阳中的河面上波光粼粼，两岸的苇丛在晚风中摇曳，像是在向我这个刚来的新邻送来致意和问候……这不是一见钟情式的惊喜，而是久别重逢的感动，我几乎在一瞬间认定，这是一条熟悉的河流，是曾经反复出现在我儿时想象中的河流。多少年之后，它如此意外地和我重逢了。

十多年来，除了回国的日子，我几乎每天到这名为旧中川的河边散步观望。我几乎熟悉了沿岸的一草一木，熟悉了水中的鱼儿、枝头的鸟雀，熟悉了野鸭的急促、白鹭的悠然。我固执地将旧中川称为我的河流，尽管我知道它不但不是我的，而且几乎与我毫无历史的关联。旧中川是一条古老的河流，我在一块残碑上读过它曾经泛滥成灾的过去，但我刻意不去寻访它昔日的踪迹，因为一段消失于岁月的往事，或许会离间我和这条河十年的亲密。

旧中川，我的河流，与它初见的那个被金红色夕阳照亮的黄昏，它便复活并实现了我心中多年的缘水而居的梦想，慰藉了北人对于一条河流长久的渴望……

正在到来的季节

十多年来，桂花飘香的季节，我都远在东瀛。在我散步途经的河岸、公园和人家，在东墨田三丁目一个幽深的古巷，都有着单株或成排的桂树。在花开的那段日子里，我徜徉在一团浓烈的迷香里，整日都是醺醺然近乎沉醉的感觉。桂花的迷香有一种强大的排斥力，它笼罩自己的领地，不容任何其他花香的浸染。它甚至不屑百花招来翩翩彩蝶的心旌摇曳，而是以自己的决绝排斥了所有风流客的到访。桂花孤独却并不低调地开放着，它一树浓香让靠近者瞬间恍惚，瞬间迷失自我，陷入巨大的美好和虚无。

每年此时，桂花以它不容抵抗的强大，占据了我对这个季节的全部记忆。就如同一幅画上某处极度醒目的局部，总会让我们忘记其余的细节，甚至整体。

当今年秋天来临的时候，我因国内琐事难了，耽搁下了返日的行程。十几年之后，又一次重温京华的秋意渐浓，我却总是感到若有所失。起初我并不知道这份缺失到底是什么，但当一个远在南国的友人发来楼下一树桂花正在盛开的照片时，我立即意识到，没有桂花浓香弥漫的秋天，已经让这个季节在我意识中变得残缺不全。想起东京那个栽满成排桂树的小巷，想起在黄昏里穿过它时那种香气袭人的昏眩，我忽然亲切无比，如同嗅到了故乡般熟悉的味道。其实我是一个典型的北人，从出生到人至中年，都是在北方大地上度过的。生于南国的桂树，应该是与我的故乡没有任何关联的。前几日从北京回陕西参加族人的婚礼，被安排宿于秦岭山腰一栋白色的房子里。刚入住的那天下午，我外出散步，忽然有一缕淡淡的香味袭扰了我饥渴的嗅觉：是桂花的迷香！虽然没有那种习惯的浓烈，但依然被我从众多山野之气中准确捕捉。循香沿山而上，绕过一处密布的山棘，我果然找到一株桂树：树身低矮，枝杈单薄，叶片稀疏，看上去像一个极度营养不良的孩子。枝头那些纤小的金黄色花朵，正努力向空中散发着桂花那神秘的迷香……我惊诧万分，半天呆立在原地一动不动：原来我的故乡真有桂花啊，东瀛那些陪伴了我许多个秋天的桂树，并非我曾经以为的初见，而是在异乡的重逢。

回来问一个友人，他说陕西南部有桂花，止于秦岭，再往北就没有了。我虽然不能判断其言的真实性，但那株与我在山野邂逅的贫瘠的野桂，却如同我看到了自己的宿命般在心头弥足珍贵。我知道异乡那些占据了我整个秋天心思的浓香，都缘于冥冥中对这缕淡香长久的等待，是一种渴望被放大数百倍、数千倍之后的错觉。

一个季节正在到来，它的到来注定了它的离去。但这次不期而遇让这个秋天变得充满意义，我会永远让这个不同寻常的季节停留下来，不光在记忆中，而且在我感觉随时可以触及的内心深处……

园中的南高梅

　　小得不值一提的园子中，有一株南高梅树。虽已植十年，然其高犹不及旁边一棵丁香。每次浇花弄草，我都会偏心待它，或多插一管营养剂，或多喷一次驱虫药。现在回想自己揠苗助长般的心态，我不禁哑然失笑：这般作为，全然不像一个悠然自得的业余园丁，而更似一个渴望收获的专业农人。

　　确实，相对于别的花花草草，这株南高梅是园子中唯一能结果实的植物。

　　据说乌梅是约一千五百年前，由遣唐使从中国带回日本的。当时，因为它具有止痛与解热的作用，且曾治愈过村上天皇的病，因而弥足珍贵。到了现在，乌梅在日本早已成了寻常之物。泡制的梅酒和加工的梅干，在超市货架上随处可见。在众多乌梅品种中，产于日本果树王国和歌山县的南高梅，是当仁不让的第一品牌。然而，我如此殷勤地看顾着园中的这株梅树，却既不是因为它品种名贵，也不是因为渴望收获秋后的果实，而是缘于一种自己都难以说清的人生情绪。

　　和园子里别的花木不同，这株南高梅，是唯一来自远方的植物。

　　说是远方，其实也没多么遥远。我在搬到现居之前，曾在东京都多

005

摩地区的稻城市住过两年。离住处不远的地方，有一家花木店，是我下午散步时的常去之处。而这株南高梅，就是搬家时从那里买来的。起初小园是空荡荡的，只有这株孤独的他乡之树。起初周围是陌生的邻居，仿佛只有我这个飘零的外地之人。在那些日子里，南高梅用它一树单薄的嫩绿，陪伴着我对往事的怀念。多少个黄昏，我在园子里望着远方金红的夕阳，恍然间觉得身边并排而立的，并非是一株小树，而是一位相交多年、沉默不语的故友。渐渐地，园子里从附近花房买来的花木多了起来，我和新邻居们也变得越来越熟悉。但越是多了陪客，我却觉得来自故地的这株南高梅越是形单影只，它不但继续着自己思乡的孤独，而且背负了我已经卸却的身处陌地的寂寞。就连南高梅年年开花却岁岁不果这一其实很常见的现象，都被我认定为一个漂泊者的水土不服。

前年，园子中的南高梅在毫无征兆的情况下，忽然挂果并顺利于秋天里成熟了。虽然仅有七枚，但我却觉得当年的梅酒格外芳香。因为我固执地认为，这株因我而迁居他乡的果树，终于将此地作为了自己的另一个故乡……

忠犬八公和走狗黑狮

　　东京涩谷车站北口那尊著名的石像狗，是固化的一段人与动物的感人故事。那条叫八公的秋田犬，在主人猝然离世之后，依旧天天到车站去等候他的归来。冬去春来，无论风霜雨雪，一直坚持到生命的最后。日本和美国先后将这段真实的故事改编成了电影，赚取了无数观众纷飞的泪水。但现实中的八公犬石像，更实惠的用途却是一个集合地点的标志。饭局酒约，生人相见，在出口众多、人流杂乱的涩谷站，这里无疑是最能准确相见的地方。找到狗，就等于找到了所约的人，相信这是许多人经验之后的共识。

　　然而于我，每次在石像下等人，内心都会涌起一丝复杂的情绪。这情绪之中不光有对八公犬忠诚不渝的感动，更有对它作为一条普通家犬所拥有的幸福生活的羡慕。尔后一种情绪的产生，缘于一条名叫黑狮的狗。上世纪七十年代在中国西北一个穷乡僻壤里，黑狮度过了它短暂而坎坷的一生。而那时少年的我，作为黑狮的主人，见证了它多舛的命运和悲剧性的结局。

　　西北乡下向来贫瘠，那个年代人且不能饱腹，岂有闲粮养狗。我之所以能将从油坊里抱来的那只小狗顺利养起，全得力于那年的一场地震。地震让村人对以后的日子茫然甚至绝望，于是过度节俭不再成为生活的准则。这短暂的奢靡，让我有机会成为一条浑身黑亮的土狗的主人，准确地说，应该是黑狮有机会在一个贫困的农家存活了下来。饥一顿饱一顿的恶劣条件，并没有妨碍黑狮成长为一条体格健硕、威风漂亮的大狗。但在极贫的乡村，人们衡量一切的标准都是实用。寒舍无贼，狗儿无须护院。要说一条狗的最实用之处，莫过于它能变成一锅香喷喷的狗肉。在黑狮成年之后，它在偶然的外出途中，多次从村野闲汉的棍棒下死里逃生，伤痕累累地回到我的小院。尽管我倾力相护，但在一个飘雪的冬天里，四叔拿出几角钱让我去赶集，等我回来时，他已经成了残杀黑狮的凶手。四叔有哮喘，他听说狗肉泡酒疗效奇特，便觉得黑狮与其让他人猎食，还不如留给自己。

我看过美国人拍的忠犬八公，涩谷的雕像总让我想起影片中的镜头，那是一幅幅让人温情油然而生的画面。我也会想起黑狮，想起这只迄今我都不知其种类的家犬。在那样严酷的环境下，它虽然尊严尽失，却忠诚犹存，一点儿也不亚于八公。这样想想，我内心涌起的便是一段苦涩的怀念，是无法排遣的伤感和怅然……

重访稻城

　　上周末闲来无事，忽然心生旧念，驱车百余里去了东京近郊的稻城市。搬来现居之前，我曾在离稻城车站不远的一幢白色两层公寓里租住过两年。岁月蹉跎，一晃已有十年的光阴在人生的长河中消失得无影无踪。

　　留在记忆中的十年前的旧居之地，已经像一张发黄的老照片，早已和眼下的实景判若异处。好在那幢白色的两层公寓尚在。我将车停在其前方的空场上，徒步四处漫游。我先去了白楼后面那座由一排老式平房和很大庭院组成的院子。那是房东老妇的住宅。十年前她就独居在此，靠着公寓的租金安度晚年。而她的两个儿子，都已经成家立业，在附近一带经营各自的居酒屋，鲜有时间回家来陪伴老母。记忆中的老妇人虽然瘦骨嶙峋、行动迟缓，却热情开朗，逢人就停下说话。她自己几乎滴酒不沾，却年年都会泡制不少梅子酒，送给邻人和房客分享。也许只是心理作用，我迄今仍觉得老妇人的梅子酒有着一种特殊的浓香……院子的栅栏门关闭着。我摁了半天门铃，也无人应声。开始我以为或许是她外出串门了，可看看庭院里荒草没膝、一派苍凉的样子，我这才意识到，十年的光阴对于一个耄耋老人而言，实在是太漫长了。这份漫长岁月里的每一日，都有可能是她人生的终点。

我怅然地离开房东的院子，转过一座铁路桥的隧道，沿山坡而上。行至半山腰，妙见寺那终年敞开的寺门出现在眼前。东京寺庙神社之多，令人咋舌，甚至繁华市区，也随处可见。隐于山林深处的小小的妙见寺，在我的记忆中，虽然寺门终年敞开，却似乎鲜有香客。正殿、石塔和钟亭组成的小小院落，倒像是一户雅致清净的人家。十年前我客居稻城时，由于该寺住持的儿子去中国旅游时和我相识，经常约去与妙见寺一墙之隔的他家里喝茶，我也常常得空去寺内一游。我虽然不是信徒，却向来对未知之域心存敬畏。清净的妙见寺，在我的记忆中一直亲切而庄严……这天的寺内仍然空无一人，妙见寺依旧用它的平静和沉默，接待了我这个曾经的邻人。我望着眼前一成不变的建筑和树木，仿佛又回到了以前的某个午后，似乎时间就此停顿，这十年的光阴就从来不曾流逝过一分。

从寺庙下山走到一条河流的桥头，不意竟然碰到了房东老太的大儿子。这个五十出头的男人正提着一大袋蔬菜迎面走来。他看见我，神情有些发愣："哎呀，你不是那……那谁吗？多少年不见，你一直待在日本吗？"我本想问问他老母亲的近况，但不知为何，他没有提及，我最终也未能开口。我们不咸不淡地闲谈几句，然后就各自走开了。

在回去的路上，我想想这样也好，一个没有答案的疑问，起码不会让人轻易忘却，而是会时不时萦绕在心头……

一条名叫夸父的狗

　　我家附近有一个温水游泳馆。白色圆形基座，蓝色玻璃幕墙，极是别致醒目。游泳馆旁边有一个面积颇大的草坪，四周围有齐人高的铁丝网，只在把角处开有两道小门供人们出入。宽阔的草坪除了周末偶然举行棒球训练外，平时都是闲置的。温水游泳馆四季开放，一直人气很旺，甚至经常有人从远道开车过来游玩。渐渐地，拥挤的东京市内这片难得的空场，也被越来越多的人所看中，逐步成了一个很受欢迎的遛狗者的乐园。许多远道而来的客人，都随车带来爱犬。游泳戏水之后，在草坪上和狗戏耍游玩，其意陶陶，流连忘返。尤其是每天黄昏，偌大的草坪上往往能集聚起数十只形形色色的宠物犬，满场追逐嬉戏，吠声一片，煞是热闹。

　　我客居他乡，是个无所事事的闲人。入眼之景，无非自然的四季交替，不过人生的鸡零狗碎。我经常坐在草坪的空场上，长时间地观看这个狗代替人成为中心的世界。这是狗儿们的临时社会，也是一个社交场所。虽皆身为人类宠物，除了品种、身形、脾性等天然因素的不同，它们作为被豢养的生命，早已缺失了自然的禀赋与野性，熏染了人类社会的矫情、虚伪、装腔作势及无处不在的等级观念。我隐约看到了发生在这些畜生身上的变异：身形娇弱的巴黎贵妇趾高气扬，竟将一只硕大健壮的斑点狗追咬得落荒而逃；狼性十足的德国牧羊犬奴颜婢膝地做了京八的贴身随从；长腿灵蹄不再旋风般地奔跑，而是学会了慢条斯理地优雅踱步；甚至有一只穿着讲究狗衣的吉娃娃已不屑于四肢着地，而是坚持像人一样用两条后腿直立行走，姿势古怪而艰难……真可谓形形色色，百狗百态。而最吸引我目光的，是一条浅棕色的伯瑞犬。它的主人可能就住在附近，我几乎每天下午在草坪上都可以看到它的影子。这条狗鬃发须眉长成茂密而蓬乱的一丛，遮盖了整张狗脸，样子像个邋遢的老人。我注目这条伯瑞犬的原因，并非因为它独特的长相，而是它更加古怪的行为：它不像别的狗一样忙于社交，甚至显得很不合群。它总是待在草坪靠近马路一侧的角落里，像个等着发令枪响的赛跑者一样，如箭在弦，做好了随时起跑的准备。它的对手不是同类，也不是人，而是每一辆路过的汽车。我发现老伯瑞是个很守信誉的选手，绝无犯规之举，总是等汽车和自己处在平行线上时，才奋力扬蹄……结果是可想而知的：它总是还没有跑到三分之一，就远远地被甩在了后面，沮丧地望着绝尘而去的汽车，吐着长长的舌头，回到起点，再次做好准备……

没有征得其主人的同意，我私下给老伯瑞取了一个中文名字：夸父！当然取意夸父追日般的执念。以后我每逢开车过此，都会刻意放低车速，让执着的夸父赢得胜利。跑到终点的夸父总是得意扬扬地等着我的车子过来，然后一阵狂吠。我不知道它是在庆祝胜利，还是在嘲笑我缓慢得像只乌龟……

妻女皆讥讽我闲得无聊。我则辩称，人生多有无法遂心如愿之事，让别人从与我的参照中获得优越的快慰，即便遭到嘲笑，自己也没有任何实质性的损失，就算是一种修行吧。

忧伤

家附近有一所幼儿园。每天上午十点多钟的时候，就会有一群孩子，在两三名保育员的带领下，从我门前的空场上穿过。孩子们少时六七个，多时十几个。他们都是刚刚蹒跚学步的年龄，相互牵着小手，一边四处张望着这个让他们充满好奇的世界，一边叽叽喳喳、奶声奶气地说个不休。冬秋季节，保育员阿姨会让他们在空场上一边晒太阳，一边做些小游戏。这是孩子们最快乐的时光，也是我最放松的时候。我总是停下手中的写作，走进窗外的阳光里，长时间地看着这群刚离巢的雏鸟般天真坦然、懵懂好奇的幼儿。

在我看来，唯有在刚刚开始漫长人生的他们眼中，世界才会呈现出童话般的模样：蓝天白云，五颜六色的花朵，翠绿可爱的草坪，美丽歌唱的鸟儿，爱意洋溢的笑脸……人生中所有的痛苦和黑暗，都被隐藏在这个美丽童话的背面，他们单纯的目光不会洞穿和到达。尽管我知道这样的时刻是短暂的，人生残酷和冰冷的一面，将在不远的地方，向他们露出其狰狞的面孔，但还是乐见这虽短暂却纯粹、虽失真却美妙的时刻。我看着幼儿们在阳光中无忧无虑跑动的小小身影，心里总会萌生出一丝由衷的羡慕：没有苦难，不喜不悲，很多人追求一生都无法达到的境界，其实却是人生的初始状态。

但有一天，我的这种羡慕却变成了一丝淡淡的忧伤。

门口的花盆前有两只陶瓷小狗，姿态可爱，造型逼真，一直是幼儿们的最爱。尽管保育员阿姨告诫他们只可看不许动，围拢在一起的孩子们还是忍不住伸出小手频频抚摸。时间久了，其中一只瓷狗左眼的黑漆便剥落了，看上去像患上了白内障的病狗。我开始并没有注意到这一变化。一天上午，我照例在门口看孩子们游玩。令我惊讶的是，三五个围在瓷狗跟前的孩子，却不似平日那样单纯快乐，而是面面相觑，一脸无助，像是发生了什么可怕的大事。其中一个稍大些的女孩子喊："老师老师，狗狗眼睛生病了。"老师过来看了看，认真地告诫他们说："看看，老师告诉过你们不能摸了吧？"

那天孩子们被保育员带着离开时，那几个孩子都冲瓷狗摇着小手说："狗狗，拜拜。"但我明显地看出来，他们的眼神中除了平日的依依不舍，却更添了一丝愧意和忧伤。看着孩子们走远后，尽管我立即找来黑漆将剥落之处进行了修补，但内心的那丝酸楚却久久不能平息。

我看见，忧郁像一道扑面而来的黑色，正洞穿孩子们眼中那幅纯美的画面，将人生的阴影第一次投射到了他们单纯的内心……

麻雀邻居

我在东京的住所，位于一条名叫旧中川的小河沿岸。平日所见鸟儿，除了数量众多、通体毛色黑亮、总是喜欢将生活垃圾搞得一团糟乱的乌鸦外，印象较深的，无非盘桓在公园内的鸽子、畅游在河面的野鸭和水边悠然踱步的白鹭。在国内随处可见的麻雀一定是有的，但不知是因为数量还是生态的原因，抑或是限于自己的观察角度，我在日本鲜有关于它们的印象和记忆。

四月初回到北京，普通不过的麻雀立即进入我的视线，连同北京热闹的早市、美味的小吃、拥挤的交通及闹心的喧哗一道，突兀地唤醒了我对这座城市久违的记忆。

其实回到北京的第一天，我就迫不及待地验证了麻雀的存在。居所空室半年，蒙尘自厚，在费力清扫的过程中，我赫然看见了门后空调配管下一层柳絮般的轻羽。那对麻雀夫妻，我多年的老邻居，它们还在吗？我推开客厅的窗户，看着墙外空调配管上方裸露的黑洞，那一刻内心居然充满了急切的期待。当一只麻雀终于钻出巢穴，站在配管上清脆鸣叫时，我一下子如释重负般变得心安，就仿佛确证了某位失联亲友平安的消息。

　　五六年前，我开始有时间每年回国内数月常住，便将闲置多年的居所进行了重新装修。搬入不久，我就看见外墙上的空调配管周边居然没有封堵，在其孔洞内已经有一对麻雀率先迁入。看着它们夫唱妇随地飞进飞出，我当初想致电空调安装人员对漏洞重新封堵的想法，居然一瞬间就放弃了：一对陌生小鸟的入住，带给我的充其量是鸟粪、羽毛和有限的聒噪。而我的封堵，给这对鸟夫妻带去的却是家破人亡的灭顶之灾。在北京这座房价高得能压死人的都市里，情侣因房而劳燕分飞或结局更为凄惨的故事随时都在上演。就算我并非一个慈悲之人，也总不至于忍心亲手制造一起类似的悲剧吧？

　　与麻雀夫妻比邻而居，我意外地发现，过去曾隐隐担心的困扰，其实全然起于自己想象的夸张：小鸟夫妻是一对勤劳、友善而自律的邻居，它们整日忙忙碌碌地外出觅食，回巢休息或站在配管上说着绵绵情话，完全就跟新婚燕尔的年轻人一样，不因为是芸芸众生中毫不起眼的一员而心生卑微，而是对生活充满了乐观和善意。我几乎每天清晨都是在它们的鸣叫声中起床的。这时一缕晨光正斜照小窗，站在配管上的麻雀夫妇，就像是一对站在公交站前等候班车去上班的年轻情侣。

　　这五六年里，我见证了麻雀夫妻平凡单调却忙碌充实的生活，见证了它们的柴米油盐和生儿育女。但有时看着依旧忙碌的夫妻，我却会忽然心生疑问：每半年相见，今年的此鸟还是去年的彼鸟吗？周围的邻人今天搬走了这个，明天迁来了那位，而我如何就能确信今年住在窗外巢里的这对麻雀夫妻，不是一对完全陌生的邻居？

老胡换车

老胡周末电话约局。我近期因手边活儿多正在限酒，便婉辞道：咱俩喝得太频繁了，你老婆上次特意叮嘱我，让我给你踩着点儿刹车。以后咱们最好有事才约局，周末已经不能作为喝酒的理由了。不料老胡在电话里说：有理由，太有理由了，而且我一说理由你肯定有兴趣。我不屑地说：别试图蒙我，说你彩票中奖了。不料老胡说：我换车了。我听后果然立即兴奋起来：是吗？好的好的，明天见。

老胡是个车迷，几乎对世界上所有的汽车品牌都如数家珍。我从对汽车几乎一无所知到偶然也能"看图识字"，完全得益于他不厌其烦的启蒙和扫盲。参考个人收入状况，一辆汽车的价格在日本远比国内要低，因而许多日本家庭更换车辆的频率也要远高于国人。然而如此痴迷于汽车新技术、新功能的老胡，一辆马自达家用小车却已经开了十几年。老胡并不是换不起车或不愿意换车，他之所以如此，固然与中国人的消费观念有关，但更重要的原因说来却令我困惑：当年老胡买车，是因为乔迁新居后，车子是在家附近的马自达4S店里买的。日本车行周到细致的售后服务，让老胡受宠若惊地体会到了"顾客就是上帝"这句话的真正含义。车行对每一位顾客都有固定的担当店员，不但会定期寄来各种优惠活动的信息，而且在了解到老胡是个汽车发烧友后，居然会邮寄来许多有关汽车最新功能的相关资料。即便到车行去洗次车，店员也会像是你要花大价钱头辆豪车一样，毕恭毕敬地把你让到客服区，为你端上咖啡和点心。日本家用小车的车检每两年一次，每次车检都成了老胡的心病：担当店员在车检到期之前一个月就会来信说，某月某日之前，您该车检了。如果今年您打算换车，现在店里有如下活动……老胡的担当店员名叫吉田，老胡多次愁眉苦脸地给我说：我也想换车啊，可我不能总开马自达一个牌子吧。我不解地说：奇了怪了，你换丰田换铃木还是外国车，谁拦你了？老胡一声长叹：吉田一个两鬓斑白的老人，十来年围着我转，怎么好意思一下子就弃之不顾呀！

在去老胡家的路上，我一直在猜想老胡新车的品牌。丰田、本田最近新出的车子里，都有他心仪的款式。令我大感意外的是，停在他家院子里的，却是一辆马自达新出的SUV！我惊讶万状：吉田不是去年退休了吗？你怎么还买马自达？老胡苦笑道：他退休前隆重地给我推荐了一个名叫佐藤的新担当，佐藤比吉田还热心。我管不了品牌了，我只想开上新车。

我一时无语，真不知道是老胡太傻太爱面子了，还是太善良了……

邻人长谷川

长谷川住在我的对门，是一个人到中年的独身主义者。

说他是独身主义者，只是我私下的妄猜。他如此年龄依然孑然一人，或许与生活理念无关，而只是某种挫折所致。日本人每搬到新的住处，有挨家挨户登门问候的习俗，说几句"以后多多关照"之类的客套话，送一盒点心之类的小礼物，然后关起门来过日子，除了见面点头问候，几乎再无往来。登门问候的长谷川却有几分另类：他送来一瓶红酒，大大咧咧地说："我周一看见您扔的垃圾里大部分是酒瓶，就知道您和我一样爱喝酒。这是瓶智利产的红酒，味道不怎么样，但很便宜，性价比还算可以。"一般人送礼，很少会说这样自降身份的话，所以我将其理解为长谷川为人的实在，第一次见面就对他留下了不错的印象。加之不久后的一天晚上，他居然不请自到地提着一瓶日本清酒来摁我家门铃，说独饮无味，希望能让我陪他一起喝上一场。要是一个中国邻居如此作为，会被视为主动热情和善结人缘，但在礼貌客气而相互漠然的日本，这样的做法无疑属于给他人强加"迷惑"。但我还是以中国人的思维习惯判断了长谷川，将他请进我的书房，拿出一些佐酒小吃，和他连喝带聊地消磨了半宿。也就是在那天，我知道了长谷川的一些个人信息：年近四十，独身，没有正式工作，偶然打一段时间的零工。原来和老母亲住在一起，因为厌烦了母亲的唠叨，才买了现在的房子开始独居。

那天晚上酒至半酣，我忘了长谷川独身的真正原因，模模糊糊只记得他似乎将此归因于"没有缘分"。我当时还半开玩笑地说："别着急，你属于有房有车一族，不行我在中国给你物色一个。"在日后的生活中，我才知道自己当时之举纯属杞人忧天：其实长谷川颇有女人缘，他经常会和女性结伴而归，手里提着从超市买来的食品，一边走路一边说笑，看上去情意绵绵。也时不时有女人独自前来，开来的车子长时间地停在他家门口。这些女性形形色色，各不相同，甚至不时还包括金发碧眼的洋人……这种在中国极容易引发猜想和道德非议的现象，在日本邻居中却视若无睹，选择怎样的生活方式，完全是个人的私事，旁人既无权也无兴趣说东道西。我当然更无权过问，但一来我是个闲人，二来有喜欢妄自猜想的习惯，所以总是将此现象与长谷川独身一事联系起来：莫非他生性风流，还不想用婚姻结束自己与众多女性的交往？又或许他从事的是取悦女性的特殊职业，否则一个没有固定职业的人，何以能全款购买崭新的"一户建"并吃穿无忧？不管怎样的猜测，都能立即找出许多支撑这一想法的现象，有时我甚至觉得长谷川之所以单身未婚，更可能因为他本人是个性取向不同的人，因为他的衣装明显偏于女性化，而且举手投足之间总不经意间会流露出一丝"很娘"的感觉……

越是无法判断，就越是急于证实。一度对长谷川的猜测搅得我脑子发晕。于是在一次和他喝酒聊天时，我不顾失礼地提出了自己的疑问。长谷川听后，一脸讶异地看着我，半天才说："不错，她们是我的顾客，可不是你想象的那种顾客，我在家里开了家和服教室，她们都是来学习和服知识而已。"

从第二天开始，在我眼中越来越古怪的长谷川，一切又恢复到了从前的模样……

牛久大佛

位于日本茨城县牛久市的"牛久阿弥陀佛",佛像高100米,仅一根食指就长达7米,台座高20米,是世界上最高的立佛,也是茨城县最高的建筑物,以世界第一高铜制佛像而被载入了世界吉尼斯纪录。由于牛久大佛距离东京市区不远,我曾数次开车去那里观光游玩。穿过一条出售各种纪念品的商店街,购票进入园内,驱车在郊野时就赫然在目的牛久大佛,此刻就矗立在与你相距百米的地方,昂首仰视,会立即让人产生一种蚂蚁观象般的渺小感,视觉的冲击力实在是震撼之至。

牛久大佛建于1989年,虽然它本身是属于东本愿寺的建筑物,却和我们通常对佛殿庙堂的认识完全不同,是一座没有历史的充满浓烈现代化气息的建筑。这座建筑与其说是佛教建筑,不如说是披着佛教文化外衣的一个商业设施:参观收门票,进门出门都要经过商店街;信众可在其内的佛殿里花钱供奉佛像,大尊100万日元,小尊30万日元,底座刻有供奉者的姓名;大佛的下面有墓地,将亲属的骨灰移入其中须缴纳相当昂贵的费用;佛堂内还出售供香、修行用的纸张及用具……日本寺庙到处都有,牛久市也不例外。但新建的牛久大佛却后来居上,不但成了牛久市的地标性建筑,也成了一处香火和人气都最旺的名所,每年都吸引着大量的观光客和信众前去游玩和从事与宗教信仰有关的各种活动。

数年前，河南省某市想开发其辖内的一处旅游景区，从北京请了一帮人前去出谋划策，我有幸忝列其中。为时三天的考察和座谈，大家普遍认为，该风景区虽然山川秀美，尤其是山顶的一处深潭更具特色，但位置偏僻，又缺乏像样的文物古迹，所以纷纷认为要将此地开发成一处著名旅游景点，几乎是一件不太可能的事。我在座谈会上信口开河地说，此地以恐龙蛋化石而闻名，何不就近建设一个以恐龙为主题的游乐园，将游乐园与风景区衔接起来，就可形成一个相辅相成的综合景观。我提议恐龙主题乐园可建一个巨大的恐龙雕像，力争巨大到"世界第一"。为此，我特意列举了牛久市因新建大佛而一举成为观光胜地的例子。不料无论与会专家还是当地有关部门负责人，却都委婉地表示，新建一座猎奇式的游乐园，是有违他们想将此地打造成自然与文物旅游资源这一初衷的。

在我看来，这种拘泥于文物遗迹的认识，对于开发旅游景点只能是思维上的束缚。而且，今天我们新建的奇迹，注定在日后会成为名副其实的文物。牛久市的做法，充分给我们说明了这一点。

其实你用不着太感动

初次赴日的朋友，大多会津津有味地谈起这个岛国的诸多不同，言语中总是充满了溢美之词。初到异地，难免新鲜，加上日本作为一个富裕的发达国家，其社会环境、服务意识、文明程度等与发展中国家相比，自然会有一定的优势，所以常常听到赞声一片也不是什么稀奇的事。但我比较反感这种只看优点无视缺点的盲目崇拜，甲之砒霜，乙之蜜糖，人们之所以会形成如此天壤之别的判断，皆因主观使然。

去年冬天某日，北京有位友人来东京公干。异乡相逢，又是昔日酒友，自然要找个地方喝上一杯。我预订了一家居酒屋，不但打电话告诉了酒友从他所住宾馆前往的具体路线，而且手绘地图一张，用微信传了过去。酒局约在六点半，可七点钟都过了，却还是不见酒友的身影。而他从国内带来的手机只能在有无线网络的情况下使用，想联系都没有办法。正当我暗自猜测这兄弟是否下午一个人在宾馆独饮，到现在已经昏然睡去的时候，他却一脸喜色地挑帘而入了。刚一落座，还不等我开口问他迟到的原因，友人就激动不已地连连感慨："哎呀，素质啊，这才是文明国家的素质。我看着你发给我的地图，却越走越转向，想问路人又语言不通。我急得直跺脚，只好试探着将手机里的地图递给路过的一个日本老大娘看。大娘比画半天，见我仍一头雾水，干脆带着我一路走了过来。你猜怎么着，到了门口，我还来不及感谢，老人家倒是给我鞠了好几个躬。"我让他坐下来安安静静地喝酒，不料他意犹未尽，喋喋不休地感慨个没完。我见酒堵不住他的口，只好给他泼了盆凉水："其实你用不着太感动，如果这是在国内，你可以理解为自己碰上了一个善人，或者自己素有魅力，到哪里都颇有人缘。但在日本，逢人问路，许多人都会这样做，与你是丑是俊、是白是黑、是可爱是可恶等一毛钱的关系都没有。这只是一种处世模式，一种习惯，甚至都不掺杂一丝真心和热情。"友人不服，辩解说："全民如此，这不正好说明人家待人友善，文明程度远比我们高？"我想告诉他，其实日本人缺乏中国人之间那种发自肺腑的亲密感，彼此的关系礼貌而陌生，这不是初来乍到的你所能感受到的。但话到嘴边，我却咽了回去：别人心怀感激，我又何必不合时宜地说出所谓的真相？

那天喝的是日本清酒，度数很低，又是烫热后用很小的瓷盅慢饮，友人不屑地说："这不是用喝白酒的方法喝啤酒吗？我看喝整整一夜，都难到微醺之境。"我同样也没有反驳他，结果刚到午夜时分，友人就已经醉了。我扶他回去，一路跌跌撞撞。我又想起下午他问路的遭遇，终于忍不住对他说："你们老北京无论开出租的还是扫马路的，是人就爱开口聊国家大事，这不过是个地域习惯，你能说这就代表老北京都有很高的政治水平吗？"

乐观主义者如是说

前不久一个周六的傍晚，应邀做客中央人民广播电台一档读书栏目，谈我新近出版的长篇小说《吕镇》。当主持人问及"您早年就以《土街》成名，却因十多年在日本而基本淡出了国内文坛，是不是为此后悔过"，我没有直接回答问题，而是给他讲了一个真实的故事。二十年前我在国家机关工作，因为喜欢写作，便一心想调到上班时间要自由得多的某家出版社，为此不惜将分配给自己的住房交了回去，而是在外面租房过日子。这样的选择放到今天来看，无疑等于脑子进了水，而我却从来没有后悔过。年轻的主持人不禁连声说："同感同感！放弃公务员身份和到手的住房，只是为了一心写作，现在这样的年轻人估计打着灯笼都难找了。"我则说："但问题又来了：长期租房总不是事，那时房价与现在比，才是真正的白菜价。加上因《土街》非常畅销而使得后来基本书的价码都涨得飞快，我便决定购买一套住房。看房时，曾有人介绍了鼓楼大街附近一个小而规整的四合院给我，因平日取暖不便，浴厕条件又差，我看后立即否定掉了，然后花同样的价钱在北四环附近购买了一套住房。有人听完我的经历，又立即感叹不已地说，要是我办了这么愚蠢的事，不说上吊的心都有了，起码肠子早已经悔青了，而你居然像在说别人的事。"

　　我被朋友们公认为是一个乐观主义者，面对类似以上人生选择的态度，似乎也在不断佐证这个判断。看上去我不纠结过往，不计较结局，甚至基本上不回顾往事。其实这只不过是一种表象，事实上我恰恰相反，不仅沉溺往事，而且对经年已久的许多细节都记忆如新。和许多故友谈及昔日某件事时，他们对事件本身都已经模糊不清，而我居然连当日某人的衣着、喝茶用的器皿，甚至夕阳中几株西竹摇曳的剪影等细节都历历在目。这样回顾往事的模式，不但让我因沉溺于细节而忽略了时间带来的最终结局，而且甚至容易忽略时光的存在。忽略时光是一件后果严重的事：当年离开故乡时的那天早上，太阳的余温似乎还没有消失，我在异乡已经消磨了数十载，已经从昔日的豪情少年，变成了眼下的平庸大叔。但我们再回到主持人的问题，对于因家庭生活移居海外而淡出国内文坛一事，如果要我直接回答，我的答案依然是毫不后悔：后悔是因为对结局有太清晰、太准确的预期，而我是一个沉溺于细节、专注于过程的人，因而不后悔是情理之中的必然。

　　从这个意义上说，我不但不是一个乐观主义者，而且是一个典型的悲观主义者。因为没有对人生有过高的期望，因而也没有太多的失望，没有失望就没有后悔，这是很多悲观主义者的典型特征。

另一种适应

女儿两三岁的时候，我带她来东京和先于我们到此工作的妻子相聚。当时我在国内的一家出版社当编辑。那份工作于我，既是兴趣又是平台，加上不用坐班，时间极度自由，所以内心很难割舍。但要不要一起在异乡生活，更大的纠结却是担忧：孩子送到幼儿园，周围的老师和小朋友，都说着全然不懂的话语，那会给孩子幼小的心灵产生什么样的影响？会不会因此让孩子孤独而自闭？怀着这样的不安，我开始了为期三个月的探亲。当时我内心充斥着这样的预感：很快女儿的不适应就会让我和妻子所面临的选择变得一致，那就是放弃在这里的工作，一起回国。

开始的几天，每当我下午六点去幼儿园接女儿时，发现她都是离群寡欢地站在一群孩子的外围，眼神中有一丝我认为是迷惘的情绪，这让我感到既心疼又难过。我对女儿说："你如果不愿意，明天就可以不来幼儿园了。"女儿却噘着小嘴说："跟你在家里更没意思。"探亲假有三个月，而妻子的工作也不可能今天说辞明天就走。我别无选择，还是照例每天送孩子去幼儿园，自己则靠发呆打发漫长而无聊的闲暇时光。时间过了一周左右的一天下午，当我提前去幼儿园，准备到点接孩子回家时，却惊讶地发现，女儿和一个日本女孩蹲在沙坑里一边玩沙子，一边在嘀嘀咕咕地说着什么。这样的一幕，迄今仍我让感到匪夷所思：即便是分别长在陕西和四川的两个中国孩子，在一起交流尚且要克服方言，何况生长在语言完全不同的异国。那天回来的路上，我问女儿在和小朋友说什么，女儿回答我时，话语中夹杂的日语单词，却让我和她的交流开始出现了障碍。没有多长时间，女儿眼神中的那丝迷惘，就彻底被好奇和快乐取代了。看到这样的情形，我也放下心来，决定放弃国内的安逸，陪同妻女移居到这座陌生的城市生活。妻子对女儿本无担心，倒是有些忐忑地问："你确定你能适应这里的生活吗？"我说："一个两三岁的孩子尚且适应得如此之快，何况我乎？"

但一晃十多年过去了，我其实依旧没有适应这里的生活。对汉语语感丧失的担心，让我刻意远离和拒绝日语环境，所以我至今几乎不会日语。生活在世界美食博览城的东京，我依然最喜欢自己手擀的一碗油泼扯面……我其实依旧活在过去的生活中，唯一的不同只是多了北京和东京之间这三个小时左右的航程。

当妻子又因此戏谑我时，我会说：其实，这是另一种方式的适应。

鞠躬

全世界鞠躬频率最高者当属日本人，这恐怕是很多人的共同印象。据说鞠躬这种礼仪是从中国传出去的，但根据中国人对待鞠躬这一行为的谨慎和矜持，我觉得要么此说值得怀疑，要么就是被日本人传得走了样。日本人鞠躬实在是太随便了，无论事情大小，不分相遇场合，随时随地，说鞠就鞠。甚至某天我应约去见一个日本人，走进办公室时，适逢他在打电话。只见他手握话筒，一边说话，一边态度虔诚地频频鞠躬。等他打完电话，我不解地问："打个电话，相互又看不见，你何苦要不停地鞠躬？"他显然没有料到我会问这样一个问题，半天才反过来问我："这有什么问题吗？"显然在日本人看来，这根本就不应该是个问题。

在一个人与人关系始终处于相互提防和警觉的环境中待惯了，乍到起码表面上大家都彬彬有礼的邻国日本，相信很多人都和我一样，除了感动就是感叹：彼此不分生熟，皆能和谐谦让，相敬如宾，这样的人际关系，实在是如沐春风啊！无论在商店购物，在餐馆进食，面对一个个店员满脸笑容的鞠躬礼，内心都会涌上从未有过的"老说顾客是上帝，这回总算是体会了一把"的满足感。其实这种远比日本人容易获得的满足感，恰恰是缘于我们对待鞠躬这一行为向来所持的谨慎和矜持，是自己在国内被如此礼遇的感觉的延续。在我们的文化中，鞠躬之仪属于郑重大礼，并不能轻易受之于人，于是"物以稀为贵"，一旦受人此礼，必当感激异常甚至诚惶诚恐。但在一个鞠躬频繁如点头如握手的地方待久了，物不再稀，价自然也就不再贵，初来乍到时内心那种感动和敬意，也自然就变成了"波澜不起"和"无动于衷"。时间长了，我甚至觉得过于随意和频繁的鞠躬之礼，在普通的社交之中不但已经成为"画蛇添足"之举，而且流露着一丝明显的心行不合的虚伪。

前几日去参加女儿高中毕业的典礼，身穿燕尾服、胸口别着绸花的校长频频登台，致辞、颁发毕业证书、介绍来宾、宣布获全勤奖毕业生名单……每次登台，都须先对左右两侧的来宾各鞠一躬，上台对国旗鞠躬，再对台下鞠躬，完成此次登台任务后，退场过程再将登台过程的鞠躬之礼重行一遍。上台一次，鞠躬最少不低于八次，如此反反复复，一场典礼下来，鞠躬的次数可想而知。"好烦琐啊！"望着一丝不苟地行着鞠躬之礼的校长先生，我内心不由得一声感叹。而十年前去参加女儿幼儿园毕业典礼时，当时同样的情景却让我肃然起敬。

当然，在我四周正襟危坐的日本父母们，不会萌生和我一样的感慨。因为对他们而言，鞠躬既没有曾经在我这个外人心头引起的庄重和感动，也没有太过轻率和随意的反感和失落，它真的就如同我们的握手或点头一样，只不过是一种并不过分也并不需要过于郑重的礼仪习惯。

他乡的日常之所以成为我们眼中的风景，只是缘于陌生。

跪姿与尊严

　　客居日本，我除了散漫地写作和偶尔教课，基本上是一个标准妇男，主要职责就是照顾妻女的居家生活：洗衣做饭、扫地抹桌、松土浇水、侍花弄草……日常家居，这些事其实都占不了太多的精力和时间。但摊上我是个稍存洁癖的人，又多多少少有些强迫症的苗头，所以尽管陋室一间，却几乎每天归置整理、清扫擦拭，时时忙得不亦乐乎。某天有朋友临时来访，碰巧赶上我在家里搞卫生，刚见面他就竖起了大拇指："堪比菲佣！"我想他的"赞美"是由衷的，因为当时我着清洁服、戴手套、执抹布，跪身在地，正满头汗水地卖力擦着地板，那情形确实与以勤劳、专业而著称的菲佣大有一比。朋友随后又不无嘲讽地道："要是满地红木，如此费心也就算了。就你家这破地板，你至于吗？"我说："自己倒茶！再废话，水都没的喝了。"

　　朋友所谓的"如此费心"，大抵并非揶揄我的卖力，而是意在讥讽我的跪姿。我们中国人一直有"男儿膝下有黄金"之类的古训，到慷慨悲壮的时候，不管是真有点儿血性的，还是假装满怀燕赵悲歌情结的，都会大喊"宁可站着死，不愿跪着生"。说实话，这样的剧情也曾让儿时的我一次次热血奔涌，豪情顿生。过去听到"下跪"一词，如果跪给了对手或敌人，让人联想起的无非是诸如"忍辱偷生""奇耻大辱""奴颜婢膝"之类的成语。而如果跪给了君王、父母或道义，则意味着忠诚、孝顺和忍辱负重。跪姿已经不再是一个单纯的身体姿势，而变成了一个象征、一种关乎品行和节操的宣示。但随着年龄增长，岁月也渐渐带走了昔日的激情，让我对一切过于带有标签意味或被反复强调的东西，开始变得怀疑甚至反感起来。记得刚来日本不久，有位当时已经博士毕业在东京某大公司谋得一份不错职位的老乡，聊起当年留学时打工的情形，他说为了挣到足够的学费和生活费，自己同时打几份工不算什么，但其中那份给某外国办事处定期打扫办公室的差事，至今却让他耿耿于怀：由于雇主要求甚严，他每次都须对包括卫生间在内的每一处地面清扫到光可鉴人的程度。一旦被认定不合格，面临的不是被克扣工钱，就是辞退。说到此处，老乡几乎声泪俱下起来："你知道吗？每次清扫地板，我从始至终都是跪在地上的，你能想想我心中的屈辱吗？"我当时尚无此类经验，便不解地问："那你干吗要跪，蹲着干不行吗？"老乡说："你当我愿意跪啊，问题是蹲着不但擦不干净，关键是累得厉害。"等我成为妇男而接手了家里的卫生之后，才真正体会到了老乡当年的话确为经验之谈。每次以跪姿擦地，我都会想起当年挂在他脸上的那份屈辱和深仇大恨，心头便泛上一丝荒唐感：为工钱而跪老乡竟如此屈辱，难道钱是他的敌人吗？而我跪地劳作却毫无愧意，难道因为自己是个毫无血性的男人？

擦完地洗过手，去客厅陪到访的友人喝茶。我本想把自己关于跪姿与尊严的想法说给他听，然想想却作罢了，因为谈论这样的话题本身也是一种矫情。

日本老人的晚境

十多年前我初到日本的时候，由于语言不通，人地两生，加上先我而来的妻子工作繁忙，我几乎每天都是在无聊空虚中苦苦度日。有天中午，我去附近一家名叫"丹尼斯"的美式快餐店吃饭时，邻座一位老人和我搭讪。见我日语不通，他试探着改用英语，于是我与这个名叫五十岚专介，后来被我简称为"老五"的日本老人由此相识。老五年过六旬，花白的头发在脑后扎成一条马尾辫，面容消瘦，目光沉郁，显得形酷且另类。初识之日在餐桌上交谈不多，我只知道这个能说一口流利英语的日本人在美国华尔街工作半生，刚刚退休回到日本。分手时我们彼此留了电话，我看着老五开着一辆轻型面包改装成的房车绝尘而去，便将那张写有他号码的纸条丢进了身旁的垃圾箱。我想：这不过是无数次和陌生人萍水相逢的又一次，天涯之大，过客之多，谁会真的在意一个陌生者的问候？

不料这年对我而言显得格外漫长的秋天还没有结束，我却于一个晚上接到了老五的电话。他在热情问候之余，竟盛情约我去他家里做客。日本人鲜有约人去家里的习惯，何况我对于老五而言，只是个在餐馆里仅有过一面之缘的外国人。听我口吻有些犹豫，老五在电话里说："别有顾虑，家里只有我一个人，你不会有任何拘束的。你在住处等我，我这就开车过去接你。"

老五的家位于一幢高层公寓的顶层，是一套面积很小的一居室。屋里陈设凌乱，墙上还醒目地挂着一把萨克斯，完全给人一种单身艺术男人住所的印象。我和老五一边喝威士忌，一边相互礼貌而谨慎地开始交谈。等酒至半酣，我终于忍不住问道："到了你这样的年龄，大部分人都是儿孙绕膝的时候，你怎么会一个人住在这里？你没有别的家人吗？"不料老五说道："我有老婆和一儿一女，儿女都早已成家单过，我在附近也有一个'一户建'的大宅，老婆一个人住在那里，我们一家人只是逢节遇假时回那里团聚。"见我表情不解，老五解释道："不用瞎猜，我们家人关系正常，我也没有外遇之类的故事。只是因我长期在美国单身赴任，与妻子几十年分居生活，离多聚少，早已经习惯了这样的生活模式。退休之后，我和妻子也曾试着在一起生活过半年，但一切节奏都无法合拍，于是我租下这套公寓搬了过来。"看着老五一脸平静的样子，我说："这样的生活方式，我只能在理论状态下理解，而在实际生活中，我是第一次遇到，既难理解更难接受。"老五笑了："你来日本时间太短，时间久了，你就不以为怪了。"

从当年初次度日到现在，时间一晃已经过去了十多年。我与老五时有小聚，也更多地了解了他的生活：他经常会开着那辆改装的小房车外出，随意地做一次路线和时间都毫无安排的旅行。而旅行回来的第一站，不是他独居的那间小屋，而是妻子所住的"一户建"。我总在猜测，老五风尘仆仆地出现在家里的时候，他那个我从未谋面的妻子，会像数十年漫长的往昔一样，惊讶而喜悦地轻叫一声迎出门来，仿佛丈夫又一次从遥远的美国回来省亲了……横亘在这对特殊夫妻之间的，不是单纯的时间，也不是单纯的距离，而是由时间和距离以某种特殊比例混合而砌成的一堵高墙。

日本人内敛自省、与人无涉和顺从逆境的性格特征，让这个国家的人际关系看上去客气却缺乏亲切，甚至有几分漠然。这种感觉不但存在于社会关系中，同样也存在于家庭关系之中。如果说五十岚专介在美国单身赴任的状况有些特别之处，若干年后我遇到的另一个日本老人佐藤的状态，或许更具有普遍性。

我住所附近有一条名为旧中川的小河。沿河散步，是我近年来每天下午必做的事情。前年春天来临的时候，旧中川那座蓝色的铁桥下，住进了一位无家可归的老人。他在桥下搭起一个简易帐篷，常常坐在离帐篷不远处的草地上，一边独自饮酒，一边翻看报纸或目光散漫地望着远方。相遇的次数多了，老人渐渐开始和我打招呼或说一两句有关天气的废话，后来则会偶然招呼我坐下来和他共饮一杯。熟悉之后，我才知道这个名叫佐藤的老人，其实并非真正意义上的无家可归者，而是一个有房有妻、每月可以按时领到一笔丰厚薪金的退休老人。

当然，佐藤开始给我说自己在东京的宅子不但面积颇大，而且位于黄金地段时，我打心眼里是不相信的，觉得这只不过是一个生活失意者用来自我安慰的吹牛。如果有豪宅，何故自找罪受地住在这样简陋的帐篷？但日后通过观察，我渐渐开始相信这个老者的话。因为与普通无家可归者不同的是，佐藤虽然宿于荒野，但却保持着颇为讲究的生活质量：他每日都会去附近的"钱汤"花钱沐浴，衬衣几乎每日一换。他一日三餐不是去餐馆解决，就是在便利店买来质量上乘的盒饭。他所饮酒品无论洋酒还是日本酒，都远比那些穷苦的无家可归者的杯中之物价格昂贵。我不解地问佐藤，究竟是什么原因让他选择了这样一种古怪的生活方式。佐藤苦笑一声："古怪？可能像我这样心有所想就行有所为的人并不很多，但我敢说，与我想法一样的人绝对不在少数。"

佐藤的故事在我看来就根本不是故事，因为他和许多的日本工薪族一样，是个一生都没有故事的人。

和许多日本男人一样，佐藤年轻时进入公司，没有飞黄腾达，也没有途中生变，平平淡淡地干到了退休。佐藤从热血青年到六旬老朽，生活方式从来都是一成不变：一大早吃过早饭后，带着妻子准备好的"便当"出门上班。下班后和同僚去居酒屋喝酒，借机和上司拉拢关系，以便求得可能的升迁机会。一场酒后，又接着"二次会""三次会"，等回到家里时，多半都已经是午夜时分。妻子已经放好了洗澡水，准备好了第二天上班要穿的衣服……夫妻这样早晚相见的模式持续了几十年，一朝佐藤忽然退休在家，不但自己无法适应，就连他的妻子望着这个从早到晚在自己面前晃荡的男人，也变得既感到陌生又浑身不自在起来。夫妻常常四目相对，愣神片刻后彼此尴尬地笑着避开彼此的目光。佐藤告诉我说，刚退休不久，他因无法忍受这样不堪的感觉，便谎称自己被别的单位续聘，继续每天早出晚归。但白天待在图书馆、公园或便利店的时间太漫长、太难熬了，后来他索性买了帐篷、睡袋等物，干脆过起了眼下这样的生活，只是每逢节假的时候，才回家和妻子团聚。"你知道什么叫粗大垃圾吗？"佐藤悠然地呷了一口酒，"我退休后，感觉自己在妻子眼中就是一个粗大垃圾，摆着无用，扔掉还很费力。现在倒好，我自己把自己扔出来了。"

　　我看着佐藤悠然自得的样子，忽然又想起了五十岚告诉我他自己生活状态时那一脸的平静，我已经到了嘴边的安慰和同情的话，生生又被自己咽了回去。我知道这种所谓的同情，既不合时宜又不切实际，因为这只不过是两种不同背景的人对生活理解的差异。就如同有一次我去一个日本朋友公司谈事，他的顶头上司因为一件小事，当着我的面对他一通训斥，而朋友所做的，只是一边不停地鞠躬，一边唯唯诺诺。上司走后，我愤怒地对朋友说："你也是年过半百的人了，这孙子怎么这样目中无人？屁大一点儿事，至于这样吗？我看他纯粹是故意找碴。"日本友人居然惊讶地望着我，满脸不解地问："我实在搞不懂，你为什么会如此愤怒？"看着佐藤一脸的悠然，我知道自己此刻的同情和当时的愤怒一样，只是出于自己对生活判断的逻辑，而对于眼前这个日本人而言，是不可理喻甚至是荒唐可笑的。我笑着举起酒杯和佐藤碰了一下："确实不错，你现在过的日子，自由快乐得快要赛过神仙了。"

　　我和佐藤一饮而尽，但这杯酒在我口中留下的后味，无论如何怎么品，都有几分淡淡的苦涩……

饮者青木

青木老汉是我的日本邻居，眯缝眼，八字眉，身材矮小，行动迟缓。与青木比邻而居十数年，我却迄今也不知道他的年龄。男人的年龄算不得隐私，但对于一个常年饮酒的人而言，询问年龄则是一件唐突的容易引发尴尬的事。因为酒精于不同饮者的作用各异，有的在美酒的滋润下，满面红光、返老还童，而有的则在酒精的摧残下，形容枯槁、未老先衰。我不知青木的实际年龄，但他所呈现出来的状态在五十到七十岁之间。

有时和别的日本邻居闲聊，大家会因青木常年一身酒气，而在私下里称他为"酒鬼"。日本人对饮酒者具有令人感动的包容心，即使如此称呼他，也只是戏谑而并无鄙夷之意。我之所以称青木为饮者而非酒鬼，是因为据我这十多年的观察，他虽然好饮，但却是个安静、乐观和充满善意的老人，和那些嗜酒如命、冷酷自私的酒鬼有着云泥之别。

十几年前这个社区刚建成时，近三十户人家几乎在短短半个月内同时入住。我初识青木，是在例行的邻居互访中。大家礼节性地报上姓名，致以问候，然后便各自散去。真正和青木打交道，是在那年初冬的一天晚上。我饮尽残酒，仍觉不够尽兴，便去附近一家便利店购酒。就在我刚结完账的当儿，忽然有人拍我的肩膀，抬头看时，却是青木。老汉将一瓶近两升装的清酒瓶递到我面前，叽里咕噜地说着什么。那时我到日本不久，日语几乎一窍不通，根本不知道他所言为何。青木显然已经喝了不少，脸色酡红，眼神迷离，有些佝偻的身子都有些站立不稳。比画半天无法沟通，我暗猜，或许他送我此酒的目的，是想择日来我住处小聚，也顺便了解一下我这个比较稀罕的外国邻居。于是我接过酒瓶，道谢之后便转身离开了。回到家将此情说给妻子，妻子同样不解：日本人客气而漠然，邻人之间鲜见相互串门，更别说我们这样的外国住户了。那瓶酒放置多日，却不见青木前来。我忍不住让妻子前去打问，不料青木竟对此事浑然不觉，而他的妻子笑道："他酒后经常这样，不是替人结账，就是请人喝酒。"

我回赠一瓶中国白酒给青木，他竟然一个劲儿地道歉，说是他身为酒鬼的莽撞行为给我添了"迷惑"，我说："一个酒喝到断片的人，尚能那样善良仗义和彬彬有礼，说明你根本不是一个酒鬼，而是一个饮者。"妻子将我的话翻译给青木，青木半天还是没有明白两者的区别，他最后说："我明白了，你的意思是，我是个安分守己的酒鬼，而不是个惹是生非的酒鬼。"

相处十多年，我也渐渐能用日语与青木做简单的交流。我对这个安静、乐于助人、慈眉善目的饮者有了越来越多的好感。今年夏季的一天，我当时正在浇花，青木提着从商店买的两瓶酒路过。他站了下来，默默地看了半天，然后自言自语地说："水是花儿的酒，就像酒是我的水。"我说："青木啊，你居然是个诗人。"

青木有些羞涩地说："您就别拿一个酒鬼打岔了。"然后笑着摇摇头，慢吞吞地回家去了。

西谷其人

　　不小心打破了盥洗室的镜子，我便打电话给负责本小区维修的公司，让其派人来更换。不到半个小时，就有两个小伙子登门作业。其中一个自我介绍说他叫西谷，是这次作业任务的"责任者"。而另一个腼腆地鞠了一躬，便开始从车上搬运工具和需要更换的部件。日本人做事向来规矩谨慎，除非必须，很少和雇主说多余的话。但西谷是个另类，他对那个长相瘦弱的同伴吩咐几句后，居然走进书房主动和我攀谈起来。我说我日语不好，很多词都听不懂，他又问我英语如何，说如果可能我们可改用英语聊天。日本人的英语发音一般都无法恭维，我以为小伙子属于刻意卖弄的主儿，便用英语说："我英语也不好，但总比日语强些。"不料小伙子一开口立即让我刮目相看，他不但说一口流利的英语，而且是地地道道的美式发音，完全非一般日本人可比。

　　从交谈中知道，西谷的英语水平如此之高，是因为他的高中和大学都是在美国读的。大学毕业后应父母要求回国工作，进了这家建筑公司。西谷牢骚满腹地说："我是学建筑的，却天天在忙这些修修补补或更换部件的琐事。"在我们聊天的过程中，他的同事一直在默默工作，很快一个人就做完了所有工作。西谷收钱并给我出具了发票，然后笑嘻嘻地说："我也了解您了，一个爱喝酒的作家，下次有机会我来找您喝酒。"我以为这只是他顺嘴一说的事，不料数日之后的一个下午，我听见门铃响起，出来看时，竟是西谷手里提着一瓶威士忌站在那里。他笑吟吟地说："打扰您吗？如果打扰，我放下酒瓶就走；如果不打扰，我陪您一起喝几杯。"在和西谷对饮的过程中，我才惊讶地知道，当日并非他休假，而是借着在附近干活的机会，从便利店买酒来找我的。我听后不安地说："日本公司素来以赏罚严厉著称，你这样随意旷工，也不怕被炒了鱿鱼？"西谷大咧咧地说："那样更好，我也可以像您一样整日待在家里喝酒了。"我本想说，我待在家里也只是工作性质所致，如果不工作，哪儿来的钱喝酒啊？但我怕这样的话被年轻人理解为说教，便只好选择了沉默。

后来因为房子别的什么问题，西谷还和那个长相瘦弱的搭档来过我家里一次。在整个作业过程中，他除了偶然搭把手外，重要兴趣依旧在于和我东拉西扯。他甚至提议一起喝一杯，我在片刻犹豫之后，还是以最近自己身体不适而婉拒了。其实我很愿意与西谷这样热情爽直的人喝酒，之所以借口推托，是因为我觉得这样会于他不利。

那次之后，我很久没有再见到西谷了。不久前的一天，我联系家里维修的事，登门的两个小伙子之中，有一个就是当年西谷的搭档。见我问及西谷，瘦弱的小伙子说："上级调他去外地的分公司，他不同意，于是被辞退了。"我欲再问，小伙子却转身去忙事了，我知道这是他不愿多话的暗示，也只好怅然地住嘴了。

结算完工钱后，我对那个瘦弱的"责任人"说："如果你还有西谷的联系方式，请转告他，我请他来我这里喝酒。"

蒲生夫妻

　　门牌为蒲生的日本邻居，是一对人到中年的丁克夫妻。丈夫一米
过八，妻子一米近六，一高一矮的两人出入总是成双成对，像年轻的恋
人一样显得亲密无间。这在夫妻情感保守内敛的日本人中，是比较少见
的。我对他们二人的经济状况并不了解，但从他们所使用的汽车和衣着
的讲究程度判断，他们应该有着一份体面的收入不错的工作。日本邻里
关系和中国不同，大家虽然住在同一社区，但彼此除了碰面时点头致
意，鲜有深入交谈的时候。儒雅安静、风度翩翩的蒲生二人，在我印象
中一直是沉溺于二人世界的一对恩爱夫妻。这样的状况从我认识他们起
已经持续了十年，而且我认为还会一直持续下去。

　　去年开春的一天傍晚，有人按门铃。我开门一看，是男人蒲生。他
拿着一盒糕点说："最近家里预订了房屋工事，为此给您带来的不便，
请多多谅解。"这只是日本邻里之间的习俗，任何有可能给他人带来
"迷惑"的变化，都会提前以薄礼求得谅解。甚至家里新买了宠物狗，
担心狗叫影响别人休息，也会挨家挨户地送礼表示歉意。我当时只是客
套了两句，并没有详细打听。但心下却有些疑惑：房子刚住了十年，应
该远没有到需要维修的时候，那会有什么样的工事？很快我就有了答

案，而这个答案却更令我感到不解：蒲生将自己的豪车处理了，而将车库改造成了一个标准厨房。这里的所有小楼格局基本一致，客厅厨房都算得上宽敞。而经常外出就餐的蒲生夫妻，为何还要再添一个厨房？难道他们要将房子租出去一半，或实行婚内分居？但这两种情况于他们而言，显然都是不可能的。

秋天来临的时候，蒲生家添了两个新成员，一位年事已高、行动迟缓的老太太和一条灰色的贵宾犬。老人经常带着狗外出散步。一次在得知我是中国人后，再碰面时常会站在路边聊上几句。老人是蒲生妻子的母亲，伪满洲国时出生在中国。她虽然两岁就回到了日本，一句中文都不会，但对中国有一种割不断的亲近感。日本子女成年后很少和父母居住，我问她为何选择来和女儿女婿同住，而且是明显喜欢安静的丁克夫妻。老人说，自从丈夫去世后，她因为孤独变得十分胆小。经常夜里不但要锁上所有门窗，而且要将门缝窗缝全部用胶条贴上才能入睡。为此，她曾痛苦地自杀过几次。女儿女婿多次劝说她同住，她都因为怕给他们添麻烦而拒绝了。直到不久前，蒲生夫妻将车库改为厨房，使整个一层完全与二楼独立起来，她这才搬了过来。

再次见到蒲生夫妻的时候，我们依然只是微笑着点了点头，但这对少言寡语、温和儒雅的夫妻，却在我心里多了一份亲近……

胖妹

　　我家附近的一家大型商场，一楼是食材和居家用品，二楼是日常百货和四季服装，基本上可以满足一切购物的需要，是我这等怕麻烦的懒人常去的地方。胖妹是这家商场的一个交通疏导员。设置交通疏导员，是为了确保出入商场停车场的车辆礼让步行或骑车的路人，其工作内容就是鞠躬、微笑和转动手中的指挥棒。日本社会的交通法则深入人心，机动车礼让行人早已经成了人们的常识。所以在我看来，类似的交通疏导员，其实只是一个可有可无的摆设，是做事过分认真的日本人墨守成规的又一表现。

　　胖妹是我给那个交通疏导员私下所起的外号。十几年过去了，迄今她也不知道这个外号的存在。因为在这个漫长的时间里，虽然她跟我说过的话不下千百次，却只是三个日语单词一次又一次的重复：请，稍等，谢谢。而我，却从来都没有跟她说过一句话。我们由陌生的生人变成陌生的熟人，只是增加了一项交流的内容：过去她对我的微笑是标准的服务内容，现在则多了一份熟人之间亲切的问候。

　　胖妹二十四五岁的样子。我之所以称她胖妹，自然是因为她体形的缘故。我第一次去那家商场，是刚搬到新居后不久的一天。我对那天的记忆非常清晰：那是那个夏天里东京最闷热的一天，流金似火，屋里不开空调尚无法久待，可想烈日当头的屋外了。我开车到商场停车场入口处，一眼就看见了那个身穿制服、戴着帽子，来回微笑、鞠躬、喊话和舞动指挥棒的车辆疏导员。她是一个身体胖得有些醒目的年轻女人，个头低矮，皮肤黧黑，在毒日的暴晒下满脸都是豆大的汗珠。我看着她一招一式都一丝不苟的样子，真想对她说：何苦这么认真，你到一边阴凉里歇着，这里同样天下太平。这样不负责任的话，我当年只能是想想而已。在这个彬彬有礼而又有几分漠然的社会里，各行其道、互不干涉是对自己，也是对他人最大的尊重。

我对初见胖妹的那一天印象如此深刻，不知道是因为炎热的天气让我记住了挥汗如雨的这个普通打工者，还是这个普通打工者在烈日下谋生的状态强化了我对那个"猛暑日"的印象。我那天以为她的一丝不苟只是因为初到此任，但十多年漫长的时光否定了我的妄自猜测：胖妹那有几分笨拙的身体，不曾省略或马虎过任何一个动作、任何一个表情。岁月会让一座品质精良的时钟变得老旧，却无法改变它的精准。闹钟不能奢华地拥有时间，但它们在对时间的敬重中获得了同样的敬重。

今天又是一个"猛暑日"。我特意放下车窗，第一次对胖妹说了话："天气太热，多喝水啊。"看似客套，可也是我的真心流露。

谷口社长

　　说实在的，我平日很少想起那个叫谷口的日本人。偶然入念，基本上都是在谈论有关酒鬼的话题，或者在闻听了某位熟人死于酒精性肝病的讣闻之后。已经有十多年没有谷口的消息了，想起他，我心里总会有几分沉重。十年的岁月于人生并不长，对于一个生活在正常状态下的人而言，在排除意外的情况下，基本上可以预见其状态的变化。但对于谷口这样一个严重的酒精依赖症患者，却存在着状况太多、差异太大的可能：或许他依旧整天大醉酩酊、浑噩度日；或许他已经痛下决心并戒酒成功，重新获得了正常的人生……当然，他更有可能早已经死于酒精，不在人世。

　　谷口是下关一家公司的老总。之所以能坐上唯我独尊的社长一职，并非是他能力过人，而只是因为该家公司是家族企业，他本人是作为上代社长的长子而承袭这一职位的。我十多年前曾在下关住过一段时间，因为友人的介绍，也因为我本人好酒，很快就和同样有嗜酒习惯的谷口成了走动频繁的"饮友"。起初，对于谷口招饮频繁，我并没有放在心上，觉得他可能只是有些贪杯而已。但很快我就觉得事情有些不对起来：不但谷口打电话约酒的次数多得让我开始难以招架，甚至有天一大早，他就带着酒打车过来找我。我以为他遭遇到什么难以度过的人生大事，非得找个人一吐苦水，不料他说："万事顺利，我只是想和你喝一杯。"后来我更是从朋友那里得知，谷口身为社长，但几乎对业务不闻不问，常常一大早就躲在办公室里喝酒，一年四季都醉醺醺的。公司事务都由专务负责，他只是有时兴起，会去仓库和工人们一道搬运货品，然后招呼一帮人同去酒馆大喝一顿……于是，下一次谷口找我饮酒时，我郑重其事地对他说："我虽好酒，但绝不允许自己成为一个嗜酒如命的废物。如果你真的在乎我们的友谊，就算你无法停止酗酒，起码请你以后不要喊我喝酒了。"话刚出口，我就后悔了：因为谷口约我饮酒，毕竟是好心，不去推托了即可，干吗要把话说得这样重？果然，谷口脸上的表情由最初的惊诧渐渐变成了尴尬。他嘴唇翕动几下，却欲言又止，最终放下手中的酒杯，一言不发地离开了我的小屋。

此后，谷口便再也没有来找过我。甚至半年后我举家搬离下关时，他也没有前来告别。谷口不可能不知道我即将离开的消息，因为朋友当着我的面通知他为我举行告别宴的消息时，他还毫不犹豫地表示一定参加。告别酒局过后，谷口的缺席让我心存几分遗憾，觉得全是因为自己的口无遮拦，既辜负了他的善意和热情，也终结了我们这份意外而纯粹的友情。

离开下关不久，我曾接到谷口的一封邮件，大意是说之所以缺席，是因为自己已决意戒酒，怕乘兴再次复饮。信中他还对我表达了谢意，说自己滥饮至此，就是因为身为社长，没有一个人像我那样对他提出过严厉的批评……我只把这封信当作了礼节性的解释，因为我不相信，一个嗜酒如命几十年的人，会因为外人的一句话，就发生如此大的改变。

此后，我再也没有和谷口有过联系。但每次因酗酒这个沉重的话题而偶然想起他，我其实还是希望自己曾为之后悔的那句重言，能给善良且有几分害羞的谷口，带去能让他生活发生逆转的奇迹……

高木老汉的房车生活

　　荒川靠近四木桥附近的岸边，有一片面积不小的苇丛。这几年，那里聚集了越来越多的无家可归者。以蓝色尼龙布为主的各式窝棚，让那里看起来像一处掩藏在苇叶深处的村庄。路经此处，看见那些老人们一边沐浴着暖日阳光，一边饮酒闲谈，我心里不由生出一丝羡慕：他们哪里像无依无靠、生活窘迫的人，简直就是悠然自得、安享生活的一群游客。也就是基于这种羡慕心理，我曾几度去窝棚村探访，并结识了那里姓高木的一位老者。

　　高木的具体身世我没有问过，他偶然提及的往事，只给了我一些片段的、模糊的信息：出生于关西，成年后来东京工作，婚后育有两子，但与家人关系一直不睦，退休后选择了独自在外生活……我记得在一个深秋的午后，我在高木的蜗居前与他闲聊，并喝了他递过来的一杯烧酒。秋阳安详地照耀着平静的荒川，湖面上游船来往，水鸟飞翔。我看着在岸边三人一组、五人一堆地喝酒晒太阳的高木的邻居，由衷向往地说："一提无家可归者，似乎不表示同情就是罪过。可在我看来，老境如此赛神仙啊。"高木举杯痛饮了一口道："羡慕我们的人，不是被复杂麻烦的人际关系所拖累，就是为条条框框的社会准则所限。不过这片地方也不如我刚来时那样清净了，人越来越多，昨天他们居然嚷嚷着要选出一名村长。"我调侃他道："你来得最早，资历最深，村长非你莫属。"高木苦笑一声："我要稀罕这些，就不会选择这样的生活了。"

就在荒川沿岸这片窝棚村越来越兴旺的时候，高木却从这里消失了。那年冬天一个飘雪的黄昏，我路过那里，想去找高木坐聊一阵。结果从那个窝棚里走出来的，是一个留着络腮胡子、相貌有几分凶悍的老人。见我打听高木，他竟然诡异地笑了一下："死了。"然后不容再问，就放下了窝棚的垂帘。我沮丧地沿原路而回，不时回头望望已经在纷纷扬扬的雪花中覆盖了一层薄白的那些窝棚，再想想区区一个其实只谋过几面的那个孤独的老人，不由得发出了几声寓意模糊的长叹。

然而今年开春，在我臆测中已经孤独而终的高木，却再一次出现在我的视线中。

那是三月底的一天上午，我步行路过附近一处公园。在一株盛开的樱花树下，忽然看见一个熟悉的身影正席地而坐地，一边喝酒，一边看报。我驻足良久，越端详越疑窦丛生：莫非高木原来还有个双胞胎的兄弟？正当我疑惑之际，老人抬头看见了我，立即高声叫道："你不认得我了？干吗一脸大白天见鬼的表情？"原来此人正是高木。他并没有死，而只是无法适应窝棚村因为人越来越多而产生的嘈杂和矛盾，并与那些邻人结怨而最终选择了逃离。

那天下午，我从旁边一家便利店买了些酒和高木坐聊。我问高木现在住在哪里，他指了指旁边一辆装满零碎物品的三轮车，哈哈大笑起来："那是我的车，里面有一顶帐篷，我现在想住在哪里就住在哪里，可以说是过上了房车生活。"

看着花影中高木自由而快乐的笑容，我才意识到自己当初对他的悲悯有多么可笑和不自量力……

八木先生

四五年前的一个夏天，我在北京与朋友去参加一个韩国人离任的告别聚会。乱哄哄的酒会上，朋友给我介绍了一位长得慈眉善目的老者，"这位是日本友人八哥，广告界的老人。"老者用中文说："幸会幸会！别听他一面之词，我是个老人不假，哪里算得上广告界的老人。"能说一口流利中文的外国人我见得多了，但八木还是让我吃惊：他不但汉语流利得和中国人毫无二致，而且京腔京韵，完全就是一个老北京。我忽然想起了一件往事，问他道："您可是贵姓八木？"老者立即面露惊讶："没错，我叫八木信人。我们可曾见过？"我说："见过，但你一定忘了，因为那是二十多年前的事了。"八木可能以为我在开玩笑，就哈哈大笑起来："那我今晚算是遇上故交了。"其实我所言属实：二十多年前的一个晚上，某文工团一个做舞美的朋友约我吃饭，说他同时约了一个日本朋友。那个夜晚的具体细节我已经记不太清，甚至那个中年日本男人的模样都已经淡忘。但那个夜晚有两件事让我至今记忆犹新：一是那个人名叫八木信人，二是他中文比我还要说得好，根本不像是日本人，而是一个老北京。

不久的一天，老大哥姜弘相约吃饭，不料席间居然再一次遇到了八木先生。姜弘先生现任日本电通北京公司副董事长，是广告界当仁不让的老前辈。我想起那天晚上朋友的介绍，方知他对八木的介绍并非戏言。但我对八木经历的了解，更多的是后来通过对姜弘先生大作《我的广告人生》的阅读：八木先生是日本最著名的广告公司株式会社电通北京事务所的第一任所长，他和姜弘先生两人共同促成了北京电通广告公司的成立。姜弘先生是第一任总经理，而八木先生任公司董事……那天晚饭我们并没有谈及广告界这些往事，而是随意地聊着家常。正如我所想，对于二十多年前我们的疑似相遇，八木先生也只记得他确实和那家文工团有过密切合作，但当时众多的酒局，都已经在他的记忆中变得模糊而混乱不清了。

那年秋天我回到东京后，恰逢八木先生到日本出差。我们在锦丝町车站附近一家中华料理店聚饮，席间有在滋贺大学任教的友人荒井打来电话。放下电话后，我给八木无意间说起这位朋友的往事，不料八木却惊讶地叫了起来："你居然和荒井是老朋友？他当年在我所办的中文学校学习中文，正儿八经是我的学生。"后来再与荒井见面，又从他那里知道了许多八木先生的旧事：八木先生的父亲是新中国对日广播领域的专家，解放后一直为新中国效力。八木兄弟姐妹几人悉数出生、成长在中国，直到成年之后才返回日本。由于谙熟中文，回国后的八木家族多人都是翻译界的重量级人物……

这几年我与八木先生不时在东京、北京聚饮闲谈，聊起往事，聊起我所说的二十多年前的那次初识，我们两人谁都无法证实它的存在，于是会不约而同地举起酒杯：相逢何必曾相识，干杯！

提狗屎的少女

　　新搬到一个建成时间不长的小区，楼新道宽，绿地阔大，与住了二十多年的那个老旧小区相比，诚可谓焕然一新。搬家过来不久，却很快就有了与期望不符的直观印象：与小区尚可的硬件相比，由于这里是不限购的商住两用住房，所以业主身份鱼龙混杂，成分要远比其他纯住宅小区复杂。复杂就意味着良莠不齐，而良莠不齐，呈现出的结果往往就会是几粒老鼠屎，毁掉一锅汤。我对新住地最不良的印象，就是颇有些比例的养狗业主，无视公德，从不清理自家宠物在小区道路上乱拉的粪便，使得住户们行走在该小区，不时就会有令人作呕的场景出现在眼前。

　　这份不快不由得让我想起了一件往事：数年前有朋友去东京公干，顺便到我的寒舍造访。饭后去附近河边散步，遇一少女迎面走来。少女左手牵着一条秋田犬，右手提着一个精致的手袋。少女长相甜美，身姿曼妙，在擦肩而过的瞬间向我们微笑着颔首致意。也许国内陌生人之间难得如此温和礼貌，朋友感慨良多，甚至由此大赞东洋风情。我说："你知道那女孩包里装的是什么吗？"朋友一脸不解："我哪里知道？无非就是化妆品之类的东西呗。"我说："是狗屎！"朋友闻言立即说我开玩笑没有分寸，简直是大煞风景。我没有解释，只是笑道："我早就说过，其实没有谁会真的喜欢真相。"

我确实没有说谎，日本人带宠物外出，必会为宠物带上"移动厕所"。凡遇宠物便溺，定会将排泄物收集起来并将地面冲洗干净。我相信不少国人也具同样的素养，但不同的是，这样的举动在日本已经成为社会行为的常识，无论何时何地，无论有无人监管，每个人都会自然而然地付诸行动。而在我们的社会，毋庸置疑，个人素质尚未如此整齐划一地达到同样的高度。我所住小区道路上几乎每天都能看到的不堪的一幕，就是无法辩驳的明证。

美丽少女与狗屎相提并论确实有些大煞风景，但与之对应的是公共之地的干净与整洁。而就我目前所住的小区而言，那些缺乏公德意识的人却是以污染环境为代价，保全了自身的干净和省去了本来必须面对的麻烦。从这个意义上来说，真正大煞风景的并不是手提狗屎的少女，而是被污染了的公共之地。而且这些少数人的做法，会让别人对整个小区住户的个人素质产生疑问，真可谓一人之为而使百人蒙羞。

前几日在小区碰到一位衣着时尚、容貌美丽的带狗少女，当被要求自行清理狗粪的时候，她居然理直气壮地和清洁工吵了起来："自行清理？那要你们清洁工是白吃饭的吗？"说完牵着小狗扬长而去。她留给我一个高傲且楚楚动人的背影，也留给我一个不堪入目的身后……

善人的愤怒

　　我无意中发现，自己长年散步的河道的桥下，最近聚集了许多只被日本人称为"野良猫"的流浪猫。白的黑的、公的母的、大的小的，足有二十几只之多。过去河边、苇丛、桥下不时可见流浪猫的身影，但如此密集地聚在一起，我还是第一次见到。独行时的流浪猫多怕人，距离尚远便会慌忙远遁。而集中在桥下的猫群，却有了"此路为我开，此树为我栽"的主人翁心态，它们或卧或站、或走或跑地占据着桥下的步道和草地。每逢有散步者经过，它们不但一个个处之泰然，有的甚至向路人投去不屑的目光。我惊讶于这种变化，却不知道究竟是何原因。

　　之后不久的一天，我因为友人来访而推迟了散步时间。时值黄昏，夕阳将小河照得一派金红。走到桥下，我发现自己无意中竟赶上猫们的晚餐时间。只见一个体态微胖的中年女人，正将一份份用一次性餐盘盛好的猫食一边摆在地上，一边充满温情和爱意地呼唤着猫儿的名字：花子、太郎、桃香、俊树……我好奇地和她交谈起来，方知她上个月刚搬到附近居住，因可怜流浪猫们无人照管，便开始天天黄昏时分准时来桥下饲食。女人颇有成就感地告诉我说，不光桥西的猫儿聚集于此，连桥东的流浪猫都越来越多地穿桥而过，融入了这个大家庭。每天为这么多的猫儿提供看上去颇为美味的晚餐，无论精力和金钱的付出，都是可想而知的。我不无敬意地说："有您这样的善人，真的是这些小动物的福气啊。"

我当时对这个善心人士的赞许，绝对源自真心。但不久发生的一件事，却让我的心头生出了一些别样的感觉。

一天下午，我看见桥桩上贴了两张纸：一张是动物保护法关于遗弃动物要罚款50万日元的宣传单；另一张则是告示，称最近有人遗弃了一只猫仔，希望该人主动前来领回，否则即将报警。告示上暗示性地表示，目前已经掌握了遗弃者的个人信息，警告切勿心存侥幸。说实话，看见这样大张旗鼓的动作，我虽然能理解爱猫者的心情，但难免觉得有些夸张。而两天之后，我亲眼看见那位中年女人贴出的另一张告示时，更是由衷地心生反感起来：这一纸檄文，完全是对所谓遗弃者的讨伐，甚至满篇都是"人渣""去死"之类的攻击和咒骂。中年女人误以为我是她的同盟者，刚开口给我讲述这一"耸人听闻"事件的缘由，我却掉头走开了。

爱猫的善心是可敬的，那是基于生命平等的准则。但如果因为爱猫，就不问青红皂白，对即便有错在先的人类生出如此强烈的憎恨，这种善意却让我充满了不屑……

昂贵的"野菜"

　　昨天宅急便的业务员上门，给我送来了一箱东西。这个箱子来自一百多公里之外的秩父郡，又采用了宅急便这种最快速也最昂贵的运送方式。按理来说，箱中物品要么贵重、要么急需。因为生活早已经让每个人学会了计算成本，没有谁会投入西瓜的代价只是为了收获一粒芝麻。但捧着刚收到的箱子，在看到寄件人地址一栏的"秩父郡"三个字后，无须拆开，我就知道那里面不会是别的东西，而只是普通的时令蔬菜，几根黄瓜、数颗土豆、一把豇豆、两只南瓜……日语将蔬菜称为"野菜"，这些被快递公司翻山越岭送到我门上的普通菜蔬，就其成本而言，当之无愧属于"昂贵的野菜"。

　　打开箱子，果然是一袋子青绿的尖辣椒。我之所以这样"料事如神"，是因为这样的情形已经持续了十余年，年年如此、回回一样。寄件人名叫加藤好治，是一个年逾八旬的日本老人。加藤是当地大片土地的拥有者，世代靠务农为生。他一生勤奋不息，即便到了风烛残年，仍然日日下田、四季不歇。我认识加藤已经有近二十年的时间了。当时他作为秩父郡两神村议会议员，去中国参加一个中日友好活动，一个偶然的机会使我们成为朋友。热衷于中日友好的加藤，那时几乎年年来北京，有时甚至一年数趟。而每次他来，我们都会相聚长叙。或许是因为我也出身农家，对土地和耕作执着的偏爱，让我们永远有着谈不完的共同话题。后来我因为家庭的原因来日本定居，和加藤的走动便更加频繁了起来。逢年过节、假日闲暇，或者我去他的府上短住，或者他来我的陋室小聚。聊往事、说眼下、道将来，随心所欲，无所不谈。而从我来日本后不久，每逢加藤的菜园里有时令菜蔬首批收获，他都会用宅急便送来一些让我尝鲜。成本主义哲学屡屡让我想劝阻加藤的这一做法，但每次都欲言又止，因为我知道，这些"野菜"虽然并不见得比菜市上的好过几分，但已经不再单纯是"野菜"，而是一份沉甸甸的友情。而友情，我们永远都是无法计算成本的。

昨天加藤寄来的尖椒，更是有着特殊意义的"野菜"：日本出售尖椒的地方很少，能买到口味特辣的尖椒更是一种奢求。我便在回陕西探亲时顺便购买了"秦椒"的种子，托加藤在自己的土地上试种，昨天的尖椒便是他收获的第一批。当天晚上，我打电话告诉加藤，晚饭用他寄来的尖椒做了菜，口感和辣度几乎与在陕西时所吃的"秦椒"毫无二致。因年迈有些耳背的加藤终于听懂后，在电话里高兴地笑了："不是吹牛吧？我是个非常合格的农民。"

陌生的邻人

　　我东京的书斋取名"墨缘斋"，很多朋友都以为取意"结缘笔墨"，是一个文人的刻意嘚瑟。其实并非如此，"墨缘斋"的真正意思是"与墨田结缘"。墨田是一个区名，位于东京都23区的中部，作为东京发源地的浅草寺就在该区。正因为如此，墨田区也是平民风情保存最多最完整的所谓"下町"。在购买现居之前，我和妻女租住在一个名叫稻城的地方，属于东京周边。三年之后，为了让开始上小学的女儿能生活得更为安定，便动了在东京买屋长居的念头，于是上网查售房信息、咨询不动产公司、四处看房，最后阴差阳错地就落脚到了墨田区这个新建的社区里。曾经有朋友问我选择此处的理由，我说："哪里有什么理由，只是随缘的结果。"

　　这片住宅区共有29栋"一户建"，所谓"一户建"，就是区别于公寓的独门独户的房子。日本人将自己的住居称为"兔子窝"，是自嘲其狭小逼仄。东京是出名的寸土寸金之地，所以普通人家的"一户建"也都是面积不大的小房子，与欧美的独立住宅相比堪称袖珍版。29户人家都是陆续从不同地方搬来的，除我和一家上海人之外，其余27户都是日本人家。大家陆续搬来，然后带着小礼物，挨家问候一遍，说些"多多关照"之类礼节的话，然后回家关门，过起了各自的小日子。日本人和中国人不同，邻居的概念就是住在隔壁的人，各有其生活圈子，相互并无交集之处，所以也不像中国邻居那样有强烈的认同感和归属感。好在日本每家每户的门牌上都清楚地写着户姓，所以入住新居后不久，我便知道左邻叫沼泽，右舍是塚本，斜对门那家名中凸，小区入口第一户号青木……一晃十年过去了，除了渐渐知道老青木是个经常喝得满面酡红的资深酒鬼、中凸是个行踪神秘的单身男人、沼泽家三年前新添了两条伯瑞犬等粗泛的信息之外，我对所有这些邻居的认知几乎仍然保持在十年前的状态。我甚至无法弄清楚，在小区空场上开始咿呀学语、蹒跚始步的黄毛小儿，究竟出自何家。而我即便回国半年，邻人再次相遇，也只会在微笑着打招呼时多上一句："好久不见。"

生活在这样一个彬彬有礼却又讳莫如深的环境中，我却没有一丝失落和疏离的感觉。相反，作为一个异乡的客居者，正是这样邻里关系给了我一份坦然和从容。无须额外接受关照，也不必刻意表达殷勤，生活像中川两岸的樱树，花开花谢，叶生叶落，都是悄然而为的。而不像上野公园等那些"名所"里的樱花，既要陶醉于花开时的观者如潮，又要落寞于花落后的无人问津。

这天出门，又遇从居酒屋微醺而归的老青木。他醉意朦胧地向我说了句什么，我没有听清，也没有再问，只是照例微笑着点了点头，然后彼此走开了……

职人

在北京居住二十多年，所有的家务几乎都是我亲力亲为，而鲜有请家政人员上门服务的时候。对此，有人笑我太抠门，凡事能自己干的，从来舍不得花钱雇请他人。有人则说我天生苦命，根本享不得闲福。我则戏称自己生来有"菲佣"的天赋，不做家务等于暴殄天物。其实我之所以愿意亲为，只是自己对卫生的要求相对苛刻，总觉得以此为职业的人不可能像我一样一丝不苟。而这样的结局总让人两难：不返工重做吧，总觉得难以放心。而返工吧，又难免觉得是一种浪费。于是，无论打扫卫生、洗衣做饭，还是整理旧物、修剪花草，我干脆都是不求他人而亲自动手，且多年已经形成习惯。

来日本生活后，我积习难改，依然诸事不求人，凡有所需，皆自己动手。甚至像给房子刷外墙这样的事，我都雄心勃勃地打算自己购买涂料、毛刷和高架梯子，亲手解决这桩请人动辄需要人民币十余万元的事情。不但妻子为此横加阻拦，周边无论中国还是日本朋友，也都力劝我放弃这种在他们看来"鲁莽而愚蠢"的想法。我争辩说："我并不是舍不得钱，而是怕他们弄得到处一片狼藉，最后收拾残局比刷墙更让人累心。"朋友们都说这样的事不可能发生，如果真有这种情况出现，你该高兴才对，因为你不但完全可以一文不付，而且还能拿到高额索赔。我半疑半信地接受了众人的建议，找了一家刷墙公司来包揽此活。可以说，这次尝试，让我彻底改变了自己昔日的成见：在近两周的工期中，工人们几乎考虑到了任何可能影响到雇主生活的细节，甚至怕涂料被风吹散，连近邻家的汽车上都特意罩上了防护膜……验收时，我怀着叫板的心理，心想这么大面积的涂刷工程，就算你等再仔细，也不可能做到不出现一点诸如涂料滴落、粉刷不匀之类的问题，但最终我终于没能挑出毛病，在结款的时候，我由衷地说："如果活儿都能干成这样，以后所有事情都请人来弄，何须我再画蛇添足？"

但经验永远都是有局限的，很快我的认知再一次被现实所修正。去年回到北京，我看到抽油烟机已经污腻不堪，便立即打电话给小区一家家政公司，请他们派人来清洗。上门的师傅看上去有六十多岁，憨厚老实且谦卑得让人一阵阵不好意思。但态度是一方面，职业技能却是另一方面：老师傅一会儿油污的手蹭脏了壁纸，一会儿又碰翻了装满污水的塑料盆……看着他满头大汗且勤恳诚实做事的样子，我已经到嘴边的抱怨都又化为了一阵阵自责：对于一个这么大岁数还从河北农村来城里打工的人，怎么可以要求他训练有素？老人家已经在为自己的失手惶恐不安了，你如何再忍心对他抱怨或数落？这样的心态只能让我脸上堆起僵硬的笑容，言不由衷地说："没事没事，我自己过去也清洗过，比您干得差远了。"

付清款送走老师傅后，我开始挽起袖子处理残局。这样的情况让我忍不住想起那些刷墙的日本工人。我从骨子里并不太喜欢礼貌却冷漠的日本人，但我想念的是所谓的"职人"。说心里话，对于那位善良却缺乏职业经验的河北大爷，我宁可花钱和他唠嗑，请他讲讲自己曾经的故事，而他倒找钱我也不愿意他再以一个"职人"的身份出现在我的眼前……

原宿的周末

东京繁华街区原宿，是外国人眼中一道独特的风景：每逢周日，自发聚集在原宿车站附近的奇装怪服和新潮发型的展示，让游人如织的街头变得更加拥挤。我不知道这种约定俗成起于何时，但有一点是肯定的，它的影响越来越大，已经成了许多来东京的外国人必看项目之一，甚至上了许多国际杂志的封面。

来此展示自己对服饰和发型独特审美的，大部分是年轻女孩，中、高校的学生更是占了相当大的比重。她们或三五成群，或单枪匹马地在明治神宫旁边的空地上占据一处。或立或站，或蹲或卧，姿势随意，漫不经心。仿佛她们并不是特意来做展示的，而只是坐下来临时歇脚的普通游客。但貌似随意的态度掩饰不了她们标新立异、引人注目的渴望：这不是T台上的时装展，而是完全另类的、大胆的关于人的造型实验。它彻底颠覆了服饰功能和审美的固有观念，像谁家花园中突兀出现的几株怪异而巨大的黑色花朵，让人习惯于俗世之景的人们的耳目一时无所适从。这些女孩子造型夸张，想象超常，有的铁索绕身、铜环穿鼻，如在地狱挣扎的罪人；有的重彩敷面、描眉画眼，像青面獠牙的夜行鬼魅……当然也有忧伤的天使、病态的护士、浪荡的修女和半人半鬼的异物。她们身上的服饰像风帆、翅羽、光束、雨伞、鳞片……早就超越了衫褂袍裙的传统概念，看上去是如此刺目和新鲜。

在我看来，原宿街头的服饰展示，就是一个巨大的主题性立体博客，正如同我们在网络上以文字或图片所做的某个主题展示一样，是对个性和内心主张随心所欲的公开张扬。这里同样跟网络博客一样，所有对关注程度满不在乎的宣称，其实都是自欺欺人的苍白标榜。因为如果不在乎是否被关注的人，是没有兴趣也没必要去做这样的展示的。就如同原宿街头的那一群群的少女一样，虽然看似漫不经心、不管不顾，但面对被自己吸引而来的摄影师、要求合照的游人、阵阵热烈的掌声，她们就会情不自禁地热情高涨、来者不拒。亦如我，作为一个写作者，与将作品拿去让评论家贴上能标明身价的标签相比，我更愿意让广大普通的读者随意翻阅、随意评判。如果所出版的新书全部压库，我会比招引来一片漫骂还感到失落和无趣。

上个周末，我有事路过原宿，却刻意地绕开了明治神宫旁的那片空地。但我知道，那些醒目的展示、那些好奇的眼神、那些惊讶的表情依然如故，并将永远地存在下去。只是无论演员还是观众，却永远都是今日之花已非昨日之花了。就如同原宿的这个周末，已经不可能是我曾经到访此地的那个周末了一样……

子非鱼

　　某天去日本朋友佐藤的办公室，刚一落座，电话铃声响起，佐藤拿起话筒，一面频频鞠躬，一面"嗨！嗨！"地答应着，态度极是诚惶诚恐。等打完电话，他掏出手帕一边擦拭细汗，一边说："工作出了纰漏，被专务一通臭骂。"佐藤年已五旬，在这家大型公司做到了中层。虽然深知日本社会等级森严，我看到他谨小慎微的样子，还是忍不住问道："以你这样的年纪和资历，这样被人训斥，难道心里就不生一点儿怨言吗？"佐藤闻言愣了一下，然后说："专务是我的上级，别说我工作确实出了差错，即便他只是情绪用事，训斥我一顿也是天经地义的啊。"

　　我的观念和大多数中国同胞相同，觉得日本社会等级森严，每个人、尤其是每个男人都活得非常压抑、窝囊，甚至到了痛苦不堪的地步，这也是我等认为日本自杀率居高不下的最大原因。但佐藤的态度，却让我对自己惯有的想法产生了怀疑：如果我是佐藤，即便工作不小心出了差错，以我这样的年纪和这样的身份，别说你一个专务，就算是社长，说话要是太不客气，老子也会拍案而起，否则还不活活被人气死？但问题是我并非佐藤，我以己之逻辑和情绪去度佐藤之心，而且不容置疑地得出结论，这样的结论在别人眼里能靠谱吗？佐藤的态度让我想起了自己初尝洋酒的事：上世纪九十年代的某个秋天，当时在文化部机关工作的我，作为一个日本文化代表团的领队，带着近三十名日本人重走丝绸之路。团中有一个年龄四十上下的老酒鬼，几乎每天晚上都将自己喝得东倒西歪。有天在夜行列车的软卧包厢里，他给我倒了一杯威士忌并吹嘘其味如何妙不可言，我试着刚抿一口，立即不顾失态地吐了出来，大声叫道："这玩意儿比中药还难喝，你怎么就能视若甘露？！"……若干年后，我成了一名资深酒鬼，而且在众多酒品中最钟情的，莫过于苏格兰威士忌。有时与友人对饮，想起当年在列车上和那名日本酒鬼的对话，我能想起来的唯一词汇竟然是"鸡与鸭讲"。

日本社会等级森严是事实，但我们想象中日本人的压抑和痛苦，却是我们潜意识中将自己置身其中的感受，是一种被无形中放大了的想象，其实与日本人真实的感受相差甚远。就如同关于日本人自杀率居高不下的原因，我们总认为这就是压抑带来的必然结果。其实不然，在发达工业国家中，日本的自杀率确实偏高，但除了一定的社会原因，更多的其实是文化因素：在基督教文化里，自杀是一种罪孽、懦弱和不负责任的表现，而在日本传统文化中，自杀则是一种对失败负责的行为、一种谢罪的形式。

有关邻国日本的解读，向来都令国人乐此不疲。在汗牛充栋的各类文章中，虽然不乏客观之言，但以己之私见主观猜测的内容和观点却更比比皆是，这造成了许多人对日本的误读。知己知彼，方能百战不殆，而误读别人，只能给自己提供错误的判断。惠子说：子非鱼，安知鱼之乐？我则说：汝非彼，安知彼之苦？但如果愿意换位思考，客观地以他人的心态去考量情境，无论鱼之乐还是彼之苦，大略还是能知道个八九不离十的。

乡音

日本人不过春节，他们所谓过年过的其实是元旦。在为期一周左右的长假里，人们或是长途跋涉地回故乡省亲，或是出国赴世界各地旅游，或是待在家里，悠然享受难得的安闲。但即便在家过节，也是既要做大扫除、装饰门松，又要准备过年的饭菜（即所谓的"御节料理"。日本人年饭虽然颇为美观讲究，但却因为文化和习俗的差异，他们的年饭都是冷饭冷菜）和酒品。节日前的几天里，无论是大大小小的超市还是卖酒的商店，到处摩肩接踵，挤满了购物的人群。这和我儿时所在乡下赶年集的情形十分相似，让本来就已经到处充盈着的年味儿又浓厚了几分。

东京上野有条著名的购物街，因为其日语发音的缘故，被我戏称为"阿妹横町"。由于那里年货品种齐全且价格便宜，加上又有众多的外国食材店，一直是日本人和旅日外籍人士购买年货的"人气场所"。我在东京客居十余年，虽然从来都习惯不了日本人的"御节料理"，但过年却只能入乡随俗，把元旦当春节过。因为到了真正的春节，家人上班的上班，上学的上学，除了我唠唠叨叨地提及有关春节的话题外，连一丝过年的气氛都感受不到。由于我的住处距离上野不远，所以年末去逛上野的商店街，便成了我在日本过年的传统项目之一。

年末高峰期间，前往该商店街的游人和购物客每日可多达三十余万。除了享受购物的乐趣、感受过年的热闹，更让我感到亲切的，是挤在熙熙攘攘的人流中，随时都会有不同方言和口音的中文飘入耳中：东北话、上海腔、四川音、广东调⋯⋯听到这些出自同胞之口的话语，我总会不由自主地想起"乡音"一词，而该词又引发了我不少的感叹：儿时乡居的日子里，乡音是有别于"西安腔"的农村土语；在北京求学工作的日子里，乡音是所有的陕西话；而眼下客居异国他乡，所有入耳的中文话语竟然都成了乡音⋯⋯

昨天我照例又去了上野的"阿妹横町"。购物之后，我进了附近一家中华料理店解决午餐。店里的食客基本上都是中国人，大家推杯换盏，互道祝福，煞是热闹。我置身其中，一时恍惚，误以为这只是我北京住宅附近的一个普通小馆⋯⋯

相逢在异乡

　　最近这段时间里，由于日元贬值，加之国内收入水平大幅提高，来东京旅行的朋友明显多了起来。既是朋友，他们临行前多会和我联系，打问有关这座异国之城的诸多信息：哪里好玩、哪里能吃到特色食品、哪里能买到满意的东西……因为在他们眼里，东京于他们是一个绝对陌生的所在，而我旅居此地十多载，按常理早就应该是个"胡同串子"级别的地陪了。每逢此情，我不是支吾不清，就是临时抱佛脚，通过百度或谷歌搜索他们所寻找的答案。因为说来汗颜，我虽然在东京住了十多年，但对这座城市的了解，却常常连只是曾经"到此一游"的许多临时游客都不如。除了住所附近我每日散步的几条道路、我常常招饮酒友的几家居酒屋和购买日常用品的两三个超市，我对许多人都耳熟能详的东京景区一无所知。每逢此时我才发现，自己所谓十多年的旅日生活，内容其实完全和在北京时一样：宅家读书写作，在附近散步，或外出与为数有限的几个朋友去小馆里喝酒闲谈。唯一的区别，只是地点从北京换到了东京。

　　与故友异乡相逢，我又久居此地，免不了要一尽地主之谊。如来者是国内曾经的酒友，接待便相对简单：在对方宿处就近找一家居酒屋，意不在吃而在饮，常常会一醉方休。甚至多次喝到断片，第二天连昨夜如何回的家都想不起来。而对于滴酒不沾或浅饮即止者，我却总是心里犯难：少酒的饭局总是非常理性的，而理性的聚谈就不会有话题的反复或啰唆，而没有了肆意的反复，在很短的时间里就会完成本次相聚的一切功能：或表达异地重逢的喜悦、或履行必需的人情世故、或重温旧时之谊、或共叙来日之好……每逢与友人饭后分手，我看着尚未进入高潮的东京的夜生活，心里难免会泛上一丝愧意，总觉得慢待了友人，没能够尽到地主之谊。但这丝愧意很快就变成了无奈：我不爱溜街、不爱逛店、不爱看剧、不爱观展……每每这时，我只能自愧自叹：身为无用书生和执着酒徒，除了招饮便待客无方。

年前又有女性友人和她丈夫来东京短游，我依旧提议去她住处附近找个地方共餐。她却提议去台场公园，说是圣诞节将至，东京湾一到夜里，便霓虹满目，灯火如海。我虽然不太喜欢热闹，但却乐得遵从友人的安排，于是开车载着这对夫妇于夜色中去了台场。我们在一家临海餐厅里吃饭闲聊。从阔大的玻璃窗望出去，跨海大桥如横空的彩虹，游船上的明灯浩如繁星，沿海岸而设的各类圣诞灯饰更是带给游人一场光与影的视觉盛宴……看着兴致勃勃的朋友夫妇，我忽然有一种错位的感觉：此刻的相逢不是他们来我客居的东京，而是在一座于我完全陌生、而对方却了然于胸的城市。

朋友问我感觉如何，我有些含糊地说："好是好，不过要是不开车更好，那样我们就可以放量痛饮了。"

外人

　　朋友老高，以留学生的身份来日，读至博士，然后留校任教，转眼间在日本已经生活了二十多年。我十几年前搬到现居时，由于他的小女儿和我女儿同班，又都是中国北方人，于是相识并走动频繁，渐渐成了无话不谈的朋友。老高育有两女，除了和我女儿同上小学的次女外，还有一个已经上中学的大女儿。只不过大女儿乃前妻所生，是三四岁时从中国接过来的，而小女儿则是他与现任妻子在日本生养的。老高的现任妻子不但长相漂亮，而且绝对算得上是个贤妻良母。她总是将家里收拾得井井有条、纤尘不染，总是将两个女儿打扮得衣着得体、干净利落，也总是能在客人造访时，适时地做好一桌款式精致、美味可口的菜肴……曾有人为此开老高的玩笑："老高啊，你长相平平又腰包不鼓，何德何能娶下了如此让几乎所有男人都会羡慕的老婆啊？"

　　看似生活得幸福美满的老高，其实也有着不为旁人所知的烦恼：由于长女系前妻所生，老高总觉得现任妻子对待大小女儿的态度亲疏不公、薄厚有别，为此夫妻间口角频发，有时甚至会引发家庭大战。老高曾痛苦地在我面前抱怨说，其实在没有小女儿之前，他们家从来都是和睦温馨的，就是因为有了亲生女儿，妻子才会将大女儿列入外人之列。

而老高妻子同样痛苦不堪，她喋喋不休的诉苦之中，说得最多的也是"外人"一词："人都说后妈难当，这话简直太精辟了。我就算对大女儿掏心掏肺，我老公也永远对我充满了指责。在他的心中，女儿是亲人，而我永远都是个外人。"更为糟糕的是，夫妻间的口角不仅让当事双方痛苦烦恼，这种家庭氛围也严重地影响了两个女儿。大女儿已经到了懂事的年龄，父亲对母亲的指责越来越加重了她和后妈的隔阂，到后来甚至发展到了故意对抗的程度。而小女儿在家庭成员不断的战火之中变得胆小谨慎，性格也变得越来越孤独自闭……

五六年前，老高一家搬家去了郊外，原因估计也与他们频繁的争吵所引起的邻人的不满有关。距离变远且大家各自都忙，我和老高除了偶尔打个电话，过年时发个贺卡，居然一直没有再见面。今年开春，在老高夫妻的再三邀约下，我驱车数小时去他的新宅做客。时值周末，家中只有老高夫妇和已经读高中的小女儿。一家三口夫唱妇随、亲慈子孝，显得其乐融融、美满幸福，全然没有了昔日的剑拔弩张。我心中似乎怕打破这种难得的气氛，便一直没有问及他大女儿的近况。饭后和老高去外面抽烟时，才主动对我说道："老大和我老婆的积怨越来越深，到后来不但无心读书，连家都不愿再回了。去年自己在外面处了个男朋友，匆匆忙忙就嫁人了，现在基本上不怎么和我们来往，简直就像个外人一样……"

我听后心里百味杂陈，半天没有说话，只是轻轻地叹息了一声。

张老大

多年不见张老大了。他好像比我大三两岁，今年应该已经五十出头了。

初识张老大，是在十多年前。那时他在筑波一所大学留学，因为一个偶然的机会与我相识，不久即成了时聚时散的酒友。在日留学生大体分两类，一类是家境殷实的富家子弟，学费及吃穿用度皆由家人供给，吃喝玩乐，潇洒安闲；另一类则多多少少要靠勤工俭学来贴补费用，自然过得辛苦而忙碌。张老大当时虽然已经三十来岁，是留学生中年龄偏大的，但年龄显然不是他被称为"老大"的原因。加上他频频设局邀酒，又开着一辆凌志跑车，我自然将他列入了第一类。但很快，张老大的一些做法，却让我对他的判断发生了怀疑：外出途中，他总是在垃圾投放点前停下车子，将大到电器家居、小到锅碗瓢盆的生活用品，只要尚能使用，便悉数搬上他的车子……开始几次，我没好意思询问其故，但有一天他一连往车里搬了两台别人弃用的电视机时，我实在忍不住问道："你难道在哪里开有一家二手用品店吗？"张老大咧嘴笑了："这样的东西，你觉得在日本二手店里卖得出去吗？"经他解释，我才知道了此举的目的：张老大将从垃圾中淘到的有用之物带回住处后，经过自己清洗整理，然后分送给刚到日本留学、经济又不宽裕的寒门学子，这样多少总能替他们省下一些费用……我忍不住说道："在时间即金钱的日本，能有人如你，简直就是活雷锋嘛。"话虽戏谑，但我内心却充满了真心的感动。

随着日后交往的渐渐密切，等我对张老大情况有了更多的了解，我才知道自己当初的判断完全是个错觉。张老大是东北延吉人，在一所大学任教，本来公派来日进修，却喜欢上了这个他过去其实一无所知的国度，在进修期满后居然私自不归，而是将自己的身份转成了自费留学生，于是遭到了单位除名的惩戒。张老大工作时间不长，谈不上有多少积蓄，而又出身普通市民家庭，不可能从父母那里得到额外的钱财。他所以能频频欢宴，出入豪车，其实都是另有原因的：那辆凌志跑车，看似风光无限，其实只不过是别人为避免垃圾处理费而白送他的一辆二手车。他频频请人喝酒吃饭，出手阔绰，其实支撑他这种看似潇洒的生活状态的手段，是他同时在打三份短工。除了上课和有限的睡眠时间，他大部分时间都是在工厂、餐馆和洗衣店里辛苦地工作。我曾不解地问张老大："你何苦如此？难道就是为了别人口中这声张老大的称呼吗？"张老大只是苦笑着挠了挠头，却没有回答我。张老大确实在认识他的所有华人中赢得了热情豪爽、助人为乐之类的好名声，但我却从和他的交谈中得知了这个好名声的代价：在日本辛苦打工多年，他几乎没有为国内的妻女寄去过一文半分，想接她们来日团聚的计划也总是一拖再拖……

记得有一次我们一起喝酒时，他的录音机里正在放那首著名的歌曲：俺们东北人啊，都是活雷锋……我忍不住终于对张老大说："如果你是一个单身男人，做个活雷锋确实挺好。但置至亲于不顾，用来之不易的钱财为自己营造好名声，就不仅是好面子和虚荣的事，而会对其他家庭成员造成真正的伤害，你觉得这样有意思吗？"

酒后很容易话痨的张老大，第一次沉默了起来……

失衡的孝心

朋友唐某，旅日近二十年。从当初留学、打工到后来就职、自开公司，年近半百的他在东京市区有处面积不小的"一户建"，座驾也属豪车之列，算得上是在日华人中的成功人士。唯一遗憾的是，当初老唐来日时，已经在国内结婚并育有一子，漂洋过海的客居生活让他失去了这段婚姻。老唐现任妻子的状况和他一样，只是离异时没有子女。老唐再婚后将儿子带到了日本，数年后他和现在的妻子又有了一个女儿。虽然是重组家庭，可有儿有女，在外人看来也可谓称心如意。

刚刚赴日的那几年，无论时间还是金钱，都不足以支撑老唐的孝心。多年来，他除了偶尔回国看望父母，几乎很少操心过家里的事。现在日子安稳富裕了，老唐当然要将父母接来日本，一来便于承欢膝下，二来也算让老人开开洋荤。老唐的父母来了，一碗水要想端平的话，岳父母当然也要接过来侍奉。但渐渐地，我对老唐家的做法却越来越感到奇怪：自从老唐搬到我附近居住以来，五六年的时间里，他们家接待老人的事儿就没有断过。老唐的父母住了两三个月前脚刚走，他们后脚就接来了唐妻的双亲。而唐妻的双亲回国还没有待上几天，老唐却再次去机场接自己的父母了……有一次喝酒时，我不解地问老唐，何不让老人干脆多待一段时间，这样频繁地重复，岂不是既糟蹋钱又让老人受折腾吗？老唐支支吾吾地说了声老人在日本长待不习惯，然后就低头喝起闷酒来。

老唐的父亲是退休教师，少言少语，为人和善，曾和我打过几个照面。令我没有想到的是，前几天老人居然独自找到了我的门上。他唉声叹气地诉苦说，言语不通，不但无法出门，在家里也是广播没的可听、电视没的可看，就连在日本长大的孙子孙女也是一口日语，让他们永远都一头雾水。我安慰他说，老人到了国外，这都是难免的。儿子接你们来开开洋荤，也难得他一片孝心。老人却激动地嚷嚷：这哪里是开洋荤，简直就是受洋罪嘛。你们是好朋友，请你私下劝劝我儿子，再别这样花钱给我们买罪受了。

后来我才知道，这对再婚夫妇竞相尽孝，其实并非真正出自思亲之心，而只是为了求得金钱上的心理平衡：老唐弟弟结婚随礼十万日元，唐妻妹妹出嫁就不能少于两个五万；老唐帮父母买下了公房，唐妻自然要拿钱为父母的新房提供首付；老唐接父母来东京小住，唐妻不但要如法炮制，而且接待规格更胜一筹。这又让老唐觉得愧对父母，于是便竞赛般地开始了新的一轮……我想起当年他们打拼时节衣缩食、同甘共苦的样子，不免一声长叹：有钱有闲了，也开始有各自的心眼了。

当我明白了其中的真相后，反而不知道该怎样开口劝老唐了……

老黄的车祸

　　友人老黄车祸住院了。我前去探视，却撞见他和妻子正在病房里吵嘴。我劝住两口子，细问才知原委：老黄昨天早上上班，本来已经出门，却被妻子临时喊住，说是有一件快递，昨晚忘了告诉丈夫。老黄好奇，折身回家拆看包裹，因此出门比平日晚了十来分钟。由于担心迟到，老黄步履匆忙，在一个无红绿灯的道口发生了意外……老黄的妻子委屈地说，你评评理，有这样的人吗？他为此就把车祸的原因都推到我的身上，说如果不是我叫住他，他必然准点上班，就不会慌不择路，也就不可能遭遇那辆肇事的私家车。老黄也在一旁振振有词，说这是明摆的事，毋庸置疑，自己倒霉就倒霉在了老婆身上。黄妻见状既委屈又愤怒，眼看战火即将重燃。我熟悉老黄只能顺毛捋的脾性，便赶紧对性格相对温和的黄妻说："嫂子，这就是你的不对了。老黄是个讲道理的人，他既然能这么说，就自然有这么说的理。你先别急，听他把话说完好不好？"躺在床上的老黄立即得意起来："我的老娘，总算来了一个明白人。"

　　看老黄情绪略微平静，我才开口道："你刚才所言，确实不无道理。但你如果愿意听我下面所言，恐怕不但不会怪罪嫂子，而且还会感恩戴德。"老黄说："鬼才信！不过且听听你如何忽悠。"我说："你刚才的推论是为结果找理由，但这个结果只是众多可能结果中的一个。昨天早上同样存在如下的可能：如果嫂子没有叫你，你按时出门上班，当行至某个路段，正好有某酒鬼醉驾回家，与你不期而遇；昨天早上正是台风来袭之时，许多广告牌被烈风刮落，你很有可能被落物砸中；你还可能与一个对生活极度绝望的失意者意外相撞而发生争执，对方盛怒之下挥刀相向……这一切的一切，都会使你瞬间命丧黄泉，哪里会只是左腿骨折，还有精力躺在床上和老婆吵嘴？"老黄咧嘴说："我怎么就那么背运，什么倒霉事都会给我撞上。"我说："当然还有第三种可能，就是你顺利上班下班，日子与平常无异。好于这个结果或恶于这个结果的可能性是相同的，如果出现的是别的结果，你对嫂夫人还会是这样的态度吗？"

这一回，轮到老黄的老婆夸我是个明白人了。老黄挠了挠头："我被你小子忽悠得有些发蒙。我其实也没有怪她，只是因腿疼而乱发牢骚。算了，住院几天，就当是上帝心疼我，以这种方式安排我休一次长假。"

角色

　　经朋友介绍与冯姓女人相识，已经是十多年前的事了。那时我尚在国内，而她则是旅居日本十数年后首度回来休假。我本来就是个闲人，加之冯女人在京城的暂居之所与我颇近，在随后的一段日子里，我总是无法拒绝冯女人的邀请，频频陪她去"重新熟悉已经被彻底淡忘的故乡"。冯女人让我带她去的，多是一些酒吧、夜总会、歌厅等灯红酒绿的欢场。她总是戴一顶圆礼帽，打扮也颇不同本地风格，所到之处多会频繁招惹他人眼目。冯女人可能误解了被众人注目的含义，更加剧了衣锦还乡的优越感，连走路姿势都有了一种风情万种的舞台感觉。我是个酒鬼，而冯女人几乎滴酒不沾。我沉默寡言，而冯女人一贯喋喋不休。我总是一边安静地豪饮，一边听冯女人给我描述她在国外的名车、洋房和听上去模模糊糊的奢华生活。一天换一身艳装的冯女人有时会问："你看我今天这身打扮如何？"我喝多了酒一般会原形毕露地说："不怎么样，很土。"冯女人一听立即激动地叫嚷起来，然后抖着衣领说这是哪里哪里专卖的，翻着裤腰说这是什么什么牌子的，一脸蒙受了屈辱的愤怒和不屑……

　　冯女人总是有着非常庞大的投资计划，今天刚说到要收购一家著名传媒，明天又会谈及在京郊搞一个拉斯维加斯规模的赌城……这样的话题总让我左右为难：反驳容易让敏感的对方受伤，随声附和则无异于痴人说梦。于是我只能选择逃避，以后已破格认我这个穷人做了朋友的冯女人再打来电话，都被我以各种各样编出来的理由婉拒了。十数年后第一次回国省亲的冯女人，不知何故竟爱上了这座被她批驳得一无是处的城市，决定不再回到国外，而是要后半生定居北京了。我也从朋友那里听说了有关她的一些身世：在异国他乡与一个年事已高但家境殷实的老头同居生活，为此她成了老头家人眼中的死敌。十数年如花青春的等待，最终并未能为她换来豪门的接纳，而是一次又一次尴尬的排斥和驱逐……我在一瞬间理解了冯女人的举止做派。她对财富夸张的炫耀，已不再像昔日那样让我反感，而是变成了苍老女人脸上的胭脂，带给人的只有对已逝青春和苦难岁月的同情。在以后的两三年时间里，我和冯女人偶然相聚，无论是她炫耀新买的名牌用品，还是滔滔不绝地谈论一个个宏大无边的投资计划，我都只是静静地听着。我知道此刻的冯女人其实遗忘了自我，完全沉浸在某一种渴望已久的角色中……

不久后，我因无奈的原因决定移居他乡。与朋友话别的晚餐会，冯女人执意地参加了。那天晚上她穿了一身夸张的礼服，戴着附有面纱的帽子，在乱哄哄的大众餐馆中极其醒目而滑稽。一见面冯女人就一脸喜色地说："我的跨国公司已经成立了。来，给你介绍一下，这是我的贴身保镖。"我这才注意到，她的身后站着一个穿黑色西装的小伙。小伙看上去也就二十来岁，目光惶恐，举止拘谨，尽管一身西装革履，却难以掩饰刚进城民工的迷乱和青涩。我想象着冯女人初到海外时的样子，意味深长地说："保镖不保镖的只是个标签，豪门幽深，你倒真是需要一个贴身之人了。"

杜食品

自宅附近有家中国食品店，名字叫作杜食品。

从一条狭窄的胡同走进去，这家门店就位于胡同尽头一幢楼房的底层。楼房只有两层，因年代久远，看上去有几分简陋破旧。店面不大，通常也无人值守。若有客人光顾，只须轻轻摇响设在门口的一个铃铛，就会有店员应声而出。店员皆妇人，有时是慈眉善目的老太，有时则是精明干练的少妇。就店面规模而言，杜食品虽说赶不上设在池袋、涩谷等闹市区的中国食品店，却也是商品琳琅满目，平日所需的食材基本上都能买到，甚至包括很多店里都缺货的速冻油条。中国食品店，鲜有日本顾客光临。每次去购物，遇到的基本都是居住在附近一带的在日华人。时间久了，彼此便相互熟悉起来。在购物的当儿，一起用中文聊聊家长里短，不失为一件令人惬意的事。日本人按阳历过年，对中国人而言再重要不过的春节，在日本却冷冷清清，连一点儿过年的气氛都感受不到。而唯在杜食品是个例外。每年春节临近，杜食品小店里就摆满了中国人的过年用品，整鸡整鸭、肘子猪蹄、饺子春卷、烟酒瓜子……凡能想到，无所不有。这个时候店里店外总是挤满了客人，一个个满脸喜色，用南腔北调的乡音相互聊天，互道新年祝福。店家不但在大门口贴起了春联、挂起了灯笼，而且会给每一位客人赠送礼品，有时是一盒自制糕点、有时是一本精美挂历……

我有每天下午外出走步的习惯，已经坚持了好几年。每逢外出，我总会有事无事去杜食品转上一圈，有时买瓶老陈醋、有时捎包榨菜丝，有时甚至什么也不买，只是随意看看，和碰上的熟客或店员闲聊几句。今年开春的一天，我又于走步途中去了小店。在和那位慈眉善目的店员老太聊天时，我无意间提及在东京很少能买到蒜苗，而它是做家乡"下锅菜"的必备之物。老太听后，立即热情地说："蒜苗虽少见，但东京也能买到。只不过不但寻找费劲，而且都长得太老。我教你一个方法，保管又好又省。"老太所教方法甚简：买几头蒜置于钵中，注清水至其身之半，不出一周，就能收获既嫩又香的蒜苗。老太说毕，还特地善意叮嘱："记住买中国蒜，一样是蒜，日本蒜价格却贵得离谱。"

我回家即依法炮制，果然不出几日，钵中的蒜苗就长得郁郁葱葱。周末到来的时候，我将亲手种植的蒜苗收割下来，与肉丁、胡萝卜丁等食材一道，终于做成了久违的"下锅菜"。晚间恰有一中国朋友来家里串门，我特意手擀了面条，佐以"下锅菜"和陕西油辣子。朋友吃后赞不绝口，忙问我面中所加何物、何处有售，我戏谑地说："面中所加，为杜食品牌香辣酱。但没有地方可以买到，就连杜食品店里也没有。"

尽管朋友不信，但在我心中，碗里的这道"下锅菜"，确实属于杜食品。

土炕

在我的童年时代，西北乡下的老家还没有烧煤饼的炉子，更谈不上现在的电暖器。在漫长而寒冷的冬天里，家家都有的土炕是唯一的取暖设施。人们出门时穿得里三层外三层，臃肿笨拙得像出洞觅食的狗熊。进门则立即脱鞋上炕，在烧得烫肉的土炕上紧裹被子，或坐或卧，消磨时光。除了迫不得已的事体，人们绝少离炕半尺。就连一日三餐，都是在炕桌上解决的。那时有外乡人来村里做客，刚一进门便看见主人撩起被子，满脸热诚地说："快请上炕。"往往会莫名惊诧，一头雾水。

我求学和工作了十数年的北京，虽然有着和老家冬天同样凛冽的寒冷，但因为生活方式的改变而让人一无所觉：无论在家还是在单位，屋子的每个角落从早到晚都因为有充足的暖气而温和如春。人们轻装简衣，伸展自如，全然没有冬天所带来的臃肿笨拙和行动不便。我总是怀疑北京的冬天既不如老家寒冷，也不如老家漫长。甚至在大雪纷飞的日子里，我望着已经是一片银装素裹的窗外，恍惚间还是有些不真切的感觉。想起儿时那些落雪的日子里，我和家人围坐于土炕，听雪粒将糊窗纸敲打得唰唰作响，看户外的雪光将屋子照耀得青白刺目。那声音和情景是如此真切生动、突兀鲜明，连同充盈满室的寒气一道，形成了我对冬天恒久的记忆。只有在漆黑一团的地方，微弱的荧光才能显得明亮。也正因为同样的道理，老家的土炕在那些漫漫严冬里，便显得如此温暖和充满情趣。

眼下我移住多年的东京，是中国地理意义上的南方。冬天的气温远高于西北老家，极少下雪，更难落住。但就在这个遥远而陌生的异乡，我却重新找到了童年里关于冬天的感觉：由于我赋闲在家而使每一天都显得漫长无比，而我在冬天里用来御寒的"暖卓"，则更像是童年时代的土炕。我总是开足热度，盘腿拥衾而坐，或上网浏览，或读书写作，或冥想往事，或自斟自饮……户外的光阴在沙沙作响的季风中流动，安详而沉稳，仿佛倒流回了某段遥远而清晰的往事。有时酒至微醺，我往往就势躺倒睡去。温暖无比的"暖卓"让我恍惚间如同重新回到了童年时代的土炕，早已忘却了正处身孤独的异乡……

前年回国探亲，故乡友人好奇地打听我在东京的生活，问及取暖方式，我答曰土炕。友人立即惊得瞪圆了眼珠："你在说胡话吧？现在乡下老家都改成砖房木床了，你到外国居然住起了土炕？再说了，日本人怎么可能有盘炕的手艺？"

我并没有再做解释，因为我理解友人的惊诧，友人却不一定会理解我的感觉。

树大确实很招风

　　2008年7月动工修建、2012年5月正式对外开放的"东京天空树"（Tokyo Sky Tree），以634米的高度，被吉尼斯世界纪录认证为"世界第一高塔"，成为全球最高的自立式电波塔。它也是目前世界第二高建筑物，仅次于迪拜高达828米的哈利法塔。"东京天空树"位于墨田区，距离我的住所仅2公里有余。该塔自从筹建之日起，就注定会成为东京新的地标性建筑，因而其选址、命名、设计方案等一直就是公众热点。而且在塔尚未动工之前，墨田区役所与之相关的各种配套项目就率先开始建设了起来。其中与我生活最密切相关的，当属旧中川河道改造工程。

　　旧中川是距离我住处只有数百米的一条小河，是我长年在其沿岸散步的所在。在我的感觉中，它是一条被冷落甚至被遗忘的河流，护堤失修，步道残败，一年四季都鲜有游人光顾。初春时节，岸边零落的几株樱花应季而开，虽繁花满枝，却"花见客"难觅踪影，只能顾影自怜。行至树下，我总会心生感慨：生于被遗忘的斯地，便注定了繁荣无人见证的孤独。但因"东京天空树"而起的河道改造工程，却改变了它延续多年的状况：在河道清淤、护堤修复、步道重整等基础工程完成之后，沿河两岸的草坪和花圃也被重新规划，并声势浩大地种下了两排三米相隔的樱树。这个被重新命名为"旧中川水边公园"的地方，在天空树尚未建成之前，就因为环境幽静、风景秀美而成了一处观光的好去处，前来休闲游玩的人越来越多了起来。到樱花盛开的初春，更是游人如织，完全成了墨田区一处"人气"旺盛的名所。我望着夹杂在成排樱花中的那几株老树，看着四周成群结队的"花见客"，想着它们多年形只影单的情形，心里自然有了几分欣慰。

但随着"东京天空树"建成并对外开放，我的这种欣慰却很快就变成了另一种失落：东京这处最醒目的地标性建筑，吸引来了全国乃至世界各地大量的游客。开放仅一年，就有近650万人登塔眺望，而前来此地观光者则高达5000多万。曾经老街纵横、古风犹存的"下町"，到处是摩肩接踵的游人和看客。曾杳无人迹、空旷宁静的旧中川沿岸，也猛然间变得人满为患。我不知道那几株被大量新来者簇拥的樱树的感觉，但我却日渐怀念旧中川昔日曾经的清冷，甚至将坚持了多年的散步路线，改向了远离此地的他方。

每次散步，看见高耸入云的"东京天空树"，我都会不由得感叹：东京天空树，好大一棵树，而树大确实很招风……

生活在摇摇晃晃的他乡

　　我对地震的第一次体验，是发生于1976年8月的四川松潘大地震，老家所在的陕西扶风有明显震感。那年我还是小学生，正在村部的代销点里玩。地震袭来，我们一群黄毛小儿尚不明就里，几个年龄大的村民已经炸了窝，惊叫着开始四处逃散。就在我惊慌失措之时，父亲飞速地赶了过来，一边拉着我往外跑，一边嘱咐我千万别靠近土墙或房舍……这场波及至此的远方的地震，不但没有给我们带来任何负面影响，反倒成了一桩上天所赐的狂欢：人们在村外的空场上搭起窝棚或草舍过了两三个月，因为人心惶惶，一向节衣缩食的村民都一个赛一个变得奢靡起来，天天白米细面，顿顿有肉有酒。我们除了整天跟大人坐享好日子外，学业也不再有人过问，犯点儿平日里的小错也都被宽容地一笑带过。那是我暗无天日的童年中难得的快乐时光，而这快乐居然是一场意外地震带来的。

　　以后随着电视的普及，对地震的认知自然越来越多、越来越具体，也越来越让人对这种神秘而不可抗拒的力量充满恐惧。我总是禁不住做这样的设想：一旦自己生活之地爆出大震将至的传闻，即便很有可能只是谣言，我也会毫不犹豫地选择快速逃离。但设想终归只是设想，数年后我阴差阳错地定居东瀛，在这个世界上地震最多、每年可感地震在千次以上的岛国，当一切条件都成为现实的时候，我的选择却走向了当初设想的反面。

在日本第一次遭遇地震，是刚到这个陌生国度没多久的一天中午。妻子去上班，女儿在幼儿园，就我一人留守空家。饭后我正在收拾碗筷，忽觉脚下的地板开始左右摇晃，老旧的木楼到处发出咯吱咯吱的可怕声音，就如同瞬间就要散架一般。我意识到这是地震了，巨大的恐惧立即潮水一般淹没了我。我飞快地朝屋外拔腿而逃，一边跑一边大喊："地震了！快跑啊！"等我惊恐万状地跑到楼下时，正在空场上玩耍的孩子和闲谈的主妇们，都一脸惊讶地望着我，这让我觉得既不可思议又充满疑惑。我尴尬地停住了脚步，望着头顶上依然在晃动的电线，心里嘀咕道：难道这仅仅是我自己一时的错觉？现在想起当时的一幕，我常常会笑抽过去：那些早就习惯了地震的日本妇孺，那天猛然看见一个人莫名其妙地从楼上狂奔而下，嘴里还大喊着他们听不懂的语言，这对他们造成的讶异估计不亚于地震给我带来的震惊。

在日本生活久了，我总有一种生活在一艘大船上的错觉，摇摇晃晃是随时随地的事情。渐渐地，即便对于较强的地震，从当初的状若惊弓之鸟也变得能够处之泰然。一阵晕眩过后，看着晃动的灯绳、花草和窗外的电线，我会下意识地一边打开电视，一边对家人说："超不过4级，不信看速报吧。"2011年3月11日震惊世界的"东日本大震灾"，强震、海啸、核事故，一系列的灾害沉重地打击了这个素以注重防灾意识著称世界的国家。防波堤垮了，海啸席卷住宅区；福岛核电厂爆炸了，留下了令人头疼的棘手难题；未曾预想的诸如铁路道口对逃生者的阻挡等问题——呈现，让人们知道自己对策的远远不足……俗话说吃一堑长一智，尽管日本是个自然灾害频发的国家，但人类的经验却依旧滞后，依旧无法达到对策万全。

经验虽然永远是有限的，但经验无疑改变了人们对灾难的认知。正因为是一个资源匮乏、灾难频发的岛国，日本人对生活的远虑、对灾难的警觉，却做到了应对巨大天灾时远比他国更充分的准备，将灾害后果降到了尽可能低的程度。在"3·11"大地震之前，我曾多次了解过日本建筑关于耐震、制震和免震技术的研发成果，但这次地震之后，我却第一次知道日本房子不但极其抗震，而且在发生4级以上的地震时，天然气管道会自动关闭以防止火灾发生，家里橱柜也会紧急闭锁以阻止餐具掉落伤人……这样的细节比比皆是，让我内心无法不生出许多由衷的感慨。

大震之后这两年时间里，政府为灾后重建出台了一系列的特殊政策，曾满目疮痍的灾区也在渐渐恢复昔日的面貌。但日本人的忧患意识不但没有随着时光的流逝而减弱，反而日复一日在强化和加剧。电视上、报纸上、互联网上随时都有地震专门研究机构的最新报道，不是"首都4年内发生7级以上直下型大地震的概率为50%"，就是"专家预测南海海槽大地震9.1级，将死亡32万人"，有关大地震引发的火灾效果图如同地狱，海啸更被估计将达几十层楼高……这是远比谣言准确的科学预计，它们虽然充耳可闻，却从没有引发过民众惶恐甚至一丝不安，太阳每天照常在升起，生活每天照常在继续。

有人说日本人从骨子里是悲观主义者，在我看来，这不过是表象。面对不可人控的自然灾害，冷静而理性地寻找对策，其实是一种最积极和乐观的心态。

标日

　　旅日十余年，回国时总会有友人好奇相问：你在东京到底过着怎样的日子？这个问题看似很小，要准确回答一时还真不知道从何处说起，似乎很难找到一个标准答案。说到标准，我最容易想到的就是"标准间"一词。尽管各地宾馆的所谓标准间千差万别，但一提起标间，所有旅人心里还是会浮现起基本相同的画面：房内摆放着两张床，桌上有住宿指南，中央空调、冰箱、台灯、落地灯、沙发椅、放置被子的床具等一应俱全，卫生间有马桶、大号浴池、淋浴喷头、洗脸池，里面备有浴巾、毛巾、梳子，以及一次性的牙膏、牙刷等……受标间规范的启发，我将自己寓居海外的生活也做了标准化的归纳，谓之标准日，简称"标日"。

　　晨六时起床，洗漱洁面。六时半早餐，多馒头清粥咸菜，间或牛奶香肠面包。七时开车送女儿至押上车站，女儿乘车去学校。七时半开车送妻去锦丝町车站，妻乘车去单位上班。八时家务，抹地擦窗，浇花弄草。九时进书房，读书写作。十一时半，做午餐自食，午睡半小时。午后一时进书房，浏览网络新闻，回复邮件。午后二时半，外出暴走，住宅附近，路径多变。三时半归宅，浴后饮茶小憩。五点去押上车站接女儿。六点做晚餐，经多年努力，中、日、西式菜肴，俱能照猫画虎。七时去锦丝町车站接妻。七时半全家晚餐，餐后看电视节目或下载影片、饮酒，酒的种类和饮量视情绪和状态而定。晚十一至十二时，就寝。这是正常工作日的流水账。周末或休日，作息时间和活动安排则杂乱无章，完全无规律可循。

我觉得，这样几乎一成不变的"标日"生活，最为准确地回答了友人们的提问，也最为真实地反映了我作为一个漂泊者的异乡生活。人生在不同时期会呈现出不同的状态，每一段不同的状态去异求同都可以总结为不同的"标日"。对于年将半百的我，抽丝剥茧，生活的"标日"也不过只有童年乡居时代、北京求学时代、北京上班时代和眼下异国漂泊时代区区四种。四十余年的人生时光，就这样悄无声息地消失在了记忆深处，只留下了这样一个个对时间不同的分割和布局。每一个不同阶段的布局，都如同一张无形的筛子，一遍遍重复的日常细琐，都被它无情地从我们的记忆中剔除了，只有发生在生活中的变故和事件，如大大小小的沙中之石，被载入了每个人的生活流水账中。

寓居他乡十余年，在这说长也长、说短也短的人生时光中，我最愿意回想和玩味的，是那些并不多的沙中之石。它们并不能代表我旅日的生活状态，但丰富我人生经验的，却正是它们。

生活在东京的乌鸦

过去在国内时，乌鸦留给我的印象，是卑微而羞怯的。人类认为乌鸦晦气不祥的成见，它们似乎了然于胸。在我的记忆中，乌鸦总是远离人踪，不是孤独地栖息在乱坟岗的松柏上，就是盘旋于暮色中古庙野寺的上空。然而在日本，这里的乌鸦却彻底颠覆了我过去对它们的印象。因为已经成为东京公患的乌鸦，却有着完全不同的格调：它们是自信满满甚至霸道的，投向人类的目光中有时竟会带着一丝不屑；它们是养尊处优的，人类的生活垃圾给它们提供了取之不尽的丰富食品；它们是安全的，尽管已经成为公患，但针对它们的伤害却鲜有发生……当然，它们更不孤独，因为在东京到处生活着毛色黑亮、体形硕大的同类，一度曾多达近四万只。

虽然据说在日本的神话中，有不少美化甚至神话乌鸦的故事。因此有人据此猜测，日本人喜爱、尊重乌鸦，这是乌鸦得以茁壮成长并快速繁殖的原因。但据我所见，普通日本住民却同样是厌恶乌鸦的。因为智商明显高于其他鸟类的乌鸦，总会给人们安静的生活带来太多的困扰：它们会将自己喜欢的生肉等物埋在花盆的土里，因而弄得门前或花圃里一片狼藉；即便人们为防止乌鸦而特意给生活垃圾罩上了尼龙网，但聪明的乌鸦还是会想方设法将网子揭开, 然后将垃圾叼得到处都是; 乌鸦聚集的高架线下, 白色的粪便实在有碍观瞻; 不知道是出于恶作剧的心理还是对人类真的怀有仇恨, 乌鸦冷不防从空中俯冲下来伤人的事件也时有发生……以这样一种生活习性与人类相处, 加上在以安静著称的日本, 乌鸦无时不在的聒噪声听上去粗声野气, 格外刺耳, 人们对其厌恶是可想而知的。事实上, 乌鸦如此多的恶行, 也早引起了政府相关职能部门的注意, 并采取了不少对付乌鸦的办法。但限于日本政府早在1918年就制定颁布了关于鸟兽保护及狩猎的法律, 所有这些针对乌鸦的对策都显得过于温柔, 既不能治标也不能治本, 这就注定了在东京人与乌鸦这种奇怪的相处模式: 彼此厌恶, 彼此不屑, 却又彼此无奈。

有时我也会怀疑, 人对乌鸦的厌恶是有目共睹的, 而乌鸦再聪明, 也不过是到处找食、遍地拉屎的鸟儿, 它真的会对人类怀有同样的情绪吗? 但我在公园里经常会看到的一幕, 说明答案是肯定的: 游人往地面上撒面包屑的时候, 鸽子会自然地聚拢到他们的身边, 而乌鸦则不敢上前, 警惕地在远处跳来跳去, 只敢趁人不备, 快速地衔起一块就跑……

往事真的如烟

小时候生活在西北乡下，环境闭塞，物资匮乏，娱乐活动当然更是少得可怜。那时乡政府的流动电影队，只有一架经常出问题的放映机，两个队员，区区几部被城镇淘汰下来的旧影片。这样的人员和设备，要应付上百个村庄的文化需求，其轮流的频率之低是可想而知的。所以每逢一村放电影，周边村庄的人往往不惜赶数小时的夜路，扶老携幼地前去观看。

在我的记忆中，一年有数的几次去邻村看电影，都因为片子轮场放映而要熬过漫长的等待。好在等待的过程并不沉闷，甚至是快乐的：它几乎成了乡村的一次夜间集市，有趁机串亲访友的、有青年男女私下幽会的、有借机推销私物的、有吆喝着打家具棺材的……代销店门口挂起了明晃晃的电灯，放电影的空场四周摆起了做消夜的摊子。男人扎堆闲聊，媳妇拉扯家常，小孩子们满场乱跑。无论春夏秋冬，总是人声鼎沸、热闹异常。我上小学三年级的那年深秋，相邻的阎村又传来要演电影的消息。我吃罢晚饭后，就随着成群结伙的村人一道去了阎村。村前大土堆旁的空场上，用来挂银幕的两根高杆早就竖了起来。村代销店、磨坊、小饭馆前都亮起了电灯，将一条土街照得通明。不大工夫，从四面八方涌到阎村的人们很快就将空场、土堆、树杈甚至墙垛上塞得严严实实。阎村本地人对影片何时能运到都支吾不清，大家便只能东扎一堆、西凑一群，抽烟的抽烟、吹牛的吹牛，倒也热热闹闹不觉无聊。我和本村几个半大小伙挤坐在土堆上，手里攥着临来前母亲给的一毛钱，盘算着等会儿是去买张肉饼，还是吃碗凉皮。没想到一个远房堂哥说："不要养成爱吃零食的坏习惯，你去买盒烟来，我教你抽烟。"我本来有些不舍，但禁不住周围众人的唆使，最终还是花九分钱买来了一包当时最便宜的"羊群"牌香烟。堂哥将香烟大方地分发给大家，也给我点燃了一根，道："从鼻孔里过那是装样子，要这样深吸，吸到肺里去。"我自幼性倔，不肯轻易服输，不屑地撇了撇嘴，猛地往肺里吸了一口。堂哥见状夸奖道："好学生就是好学生，学什么都认真。"

这样夸奖的结果让我更是欲罢不能，又连着深吸了几口呛人的烟雾……那天晚上我先是觉得精神恍惚、头重脚轻，继而恶心欲呕、四肢发软，最终瘫倒在土堆上昏睡了过去。等再次醒过来的时候，早已经是曲终人散，我正被几个伙伴半拖半架着，晕眩地走在回村的路上。堂哥暗笑着说："老听说烟也醉人，这小子第一次学抽烟就让我开了眼界。"我则有气无力地自嘲道："这并不能代表我有悟性，只说明学坏容易，几乎是一学就坏……"

上野公园随想

　　相信许多国人和我一样，第一次知道上野公园，都是缘于鲁迅的散文《藤野先生》。收入中学语文课本的这篇文章里，写到上野公园的只有短短几句，给我留下的印象可归纳为：上野公园里的樱花很好看，观花客中盘着大辫子的"清国留学生"很滑稽。但这些印象对于当时的我，却是非常模糊的。樱花我连见都没有见过，自然无法判定它是否好看。而留着大辫子的清人形象，虽然在电影中看到过，却都不是清朝派到日本的留学生，所以也很难想象他们真正的模样。因此上野公园第一次进入我的记忆，只是一段缺乏画面感的冰冷的文字，甚至都无法唤起我对某一具有相仿之处的场景的联想。

　　我初次渡日之地，是茨城县筑波市。此地属于日本的所谓"首都圈"，距离东京很近。但匆匆半载，我因迷茫于日后的选择，无一丝游玩之心。居然几次去东京城内办事而路过上野，也没有顺便去看看鲁迅笔下的上野公园究竟是个什么样子。此后经过回国、去山口县下关市、再回国几次反复之后，我终于下定决心带女儿来东京和辗转到此就职的妻子团圆。尘埃落定，闲心复萌，加上我的住所碰巧又距上野很近，上野公园自然就成了我常常"到此一游"之处。

记得第一次去上野公园，是十年前的一个秋天。盘大辫子的"清国留学生"自然早已成了历史的浮影，而步道两旁粗大的樱树仍在。只是时值深秋，枯叶几乎落尽，光秃秃的树枝纵横伸展，在游人头顶织起了一顶巨大的荆冠。天气已渐凉，加上不逢节假，偌大一个公园显得有几分空旷。我四处随意独步，心中竟有些寻访古迹的感觉：当年鲁迅抱着"东京也无非是这样"的不屑心态光临此地时，他究竟在哪排樱树下，看到了让他深以为耻的那些"清国留学生"？但当行至被誉为"维新三杰"之一的西乡隆盛的青铜像下时，我看着那些仰望雕像的日本游客，忽然觉得寻访不但注定会无果而终，而且毫无意义。因为我似乎听见了来自那些古老树木的嘲讽：即便标明准确地点，你以为自己真的能穿越时光看到当年？地点的接近，有时不但不能拉近与历史的距离，甚至适得其反……

年年樱开年年赏，但我却记不起我是否曾在春天里去上野公园看过樱花。或许是我在刻意回避，因为这样，我起码还能保持对鲁迅散文中上野公园春景的一点儿想象……

回想下关

　　前几日去一家新开的超市购物，偶见"关娘"牌清酒，立即买了数瓶，且大有喜出望外之感。同行的日本朋友见状，不解地问："你平时并不喜欢清酒，而且这个牌子我见都没有见过，你何故如此兴趣满满？"我虽然嘴上说："正因为少见，所以多买。"但我心里真实的想法却是：我买的哪里是酒，而是一份念想，一份对岁月的回忆。"关娘"是山口县下关市的代表性"地酒"，而下关，则是我将幼小的女儿带来日本生活的第一站，也是如今在我记忆中留下了很多美好记忆的一个地方。

　　移居东京之前，妻子曾在下关市工作过两年。那时我尚未从出版社离职，每年都带着女儿前往团聚，在那里小住两月有余。时间距今已经过去了十多年，在下关度过的那短短不足半年的时光，却让我时时心生怀念。下关市位于日本本州最西端，三面环海，风景秀丽，自古以来以海、陆交通的要塞而闻名。它更是日本著名的"河豚之乡"，河豚产量占全国的90%。对于中国而言，下关这座古城之所以让人牢记不忘，是因为它是中国一段屈辱历史的见证，给日方割地赔款的《马关条约》就是在这里签署的。于我个人而言，下关这座海边小城，既无关海豚，也无关历史，它仅仅是一个载体，记录了我一段快乐而难忘的时光：那时女儿刚刚咿呀学语，由于妻远赴他国工作，我只能将孩子送到陕西老家由父母照顾。我们一家三人三地，聚少离多。在下关团聚时的每一分钟，自然都会在现实中显得异常短暂，而在记忆中却会留下异常深刻和清晰的烙印。当地清酒"关娘"，是我初到下关的当晚，日本友人为我接风时所用的酒品，时隔十多年的现在，我在东京的超市里偶见此物，不仅那天晚上的情景清晰如昨，甚至嘴角依旧留有"关娘"的余香。

我心里当然清楚，"关娘"的芬芳，于我一个对清酒并不在行的中国人而言，其实并不在于它真正的品质和风格，而只是它因为掺杂了我往昔的记忆而变得回味醇厚。就如同我怀念下关，其实与那座到处是海滨的异国小城的美丽没有太大的关系，而只是因为往日那些因温暖而铭记于心的日子……

狂欢，今夜有人缺席

盛夏时节，日本各地多有举办"纳凉祭"的习俗。所谓纳凉祭，说白了就是乘凉大会。在诸如公园、学校、寺庙等公共场所里，搭起高台，挂上彩灯。会场周边布满临时摊贩，有卖啤酒饮料、烤鱿鱼、炒荞麦面等食物的，有玩气枪射击、钓金鱼、掷飞镖的，形形色色，闹如集市。当夜幕降临，附近住民陆续聚拢于此。孩子们大多穿起节日服装，一脸喜色地嬉戏玩乐。随后鼓声响起，遂有穿和服、着木屐、手持绢扇的女人列队而出，绕高台翩翩起舞。待音乐渐入高潮，周围观者无论男女老少，皆可入列，一时间广场上舞者甚众、煞是壮观……

我住地所属"町会"每年夏天也定期举办"纳凉祭"，地点就在附近的小公园里。在我看来，在溽热的夏天，女人和服裹身，捂得严严实实不说，还要不停地跳舞，如何能有"纳凉"之效？但我还是喜欢参加这样的活动：与平日不常走动的近邻一起喝杯酒、聊聊天，看盛装的女人们在传统的鼓点下妩媚尽显，观快乐的孩子们在明亮的灯光中笑靥如花，心里便有了难得的喜悦与平静。心静则凉的说法虽然有些主观，但起码眼下的溽暑会被我们暂时淡忘。

但在这场每年例行活动中最能体会喜悦的，却不是我，甚至不是那些忘情嬉闹的孩子，而是一个我迄今不知其名的老人。

老人瘦小低矮，看上去年已古稀。他就住在距公园一路之隔的那幢旧公寓里，但却深居简出，除了偶然在超市相遇，一年四季都难见他的影子。按说这样一个不喜欢抛头露面的人，应该是不会出现在纳凉祭的。但情况却恰恰相反，每年老人都会如约而至。连续三天，自始至终。老人很少与人交谈，只是在一旁默默饮酒，等酒至微醺，就会起身加入跳舞的人群，手舞足蹈，陶然一时。老人步履有些踉跄，难免冲撞到别人。好在日本人对醉酒者向来宽容，没有任何人会为之计较。后来我听别人说，老人无儿无女，孤清一生，已经从一家小型公司退职多年。因为年事已高，曾有町会的义工劝他去住养老院，但老人似乎有些生性孤僻，一再表示愿意独自生活……

知道了老人的境况，我再看到他在人群中狂欢的样子，忽然觉得他那些带着醉意的舞蹈，所传递出来的并非惬意和喜悦，而是一种悲凉和绝望。这种念头一冒上来，我总会立即嘲笑自己：子非鱼，安知鱼之乐？

今年夏天的纳凉祭上，我总觉得与往年相比少了什么。到后来我才意识到，原来是那个老人缺席了。鼓声、舞蹈、通明的灯火，笑语、欢歌、快乐的人群，一切的一切，都与往年无异，没有任何人会注意到，有谁缺席了今年的狂欢。那天晚上回到家后看电视，上面正在报道一位独居老人死于家中，半年之后才被察觉的新闻。虽然我清清楚楚地看到这是一件发生在其他地区的事件，但心中的沉重感依然强烈了一分。

今天，那位无名老人的缺席，或许是临时性的，但在不远的将来，他终有一天会永远缺席自己寂寞人生中唯一的狂欢……

关于一个秋天的记忆

　　日本诸如电器、家具等所谓的"粗大垃圾"，需要自购"垃圾处理券"贴在其上，再电话和有关部门预约后，由他们上门回收。费用根据体积和重量大小，从数百日元到上千日元不等。虽说日本国民总体素质较高在国际上早有口碑，但无论何处，也都是良莠不齐。为了省下区区几个小钱或贪图省事，私下将"粗大垃圾"随手一丢了事的人，确实也不在少数。记忆颇深的是当年我曾居住在稻城一座山下，每逢上山散步，树林隐秘处都可以看到大量被弃置的冰箱、电视机等电器，甚至还有卸掉牌照的私家车。尽管有关部门会定期花钱清理，并在原地竖起"非法弃置属于犯罪"之类的警示牌，但似乎鲜有效果，过一段时间仍然会死灰复燃。

　　距离我现住所不远的一个街头公园的一角，一直是一处垃圾非法弃置的死角。虽然没有汽车、冰箱之类过于惹人注目的大家伙，但诸如打印机、电视机、收录机及小型家具之类的东西，总是隔三岔五地被弃置于此，屡屡清理不绝。尤其近几年由于日本电视播放全面由模拟信号改为数字信号，加上大尺寸平板高清电视机的价格日趋低廉，自然引起了一股更换老旧电视机的高潮。公园这处死角里，电视机便当仁不让地成了被非法弃置的主角。既有显像管的大家伙，也有早期的老平板。每次见到此景，我都会想起某个遥远秋天的一件往事。

那是1976年秋天，国家领袖毛泽东去世。正是这件天大的事，使得南阳乡政府破例将那台估计是全乡唯一的电视机搬到院子里，允许各村的老百姓前去观看有关各界吊唁的新闻。那年我尚在上小学，尽管所在村庄距乡政府有5里土路、尽管对一个陌生的伟人之死并无真切感觉，但一听到这个令村人奔走相告的消息，我毫不犹豫地便跟着大人们去了乡政府。那台忽然拥有了数以千计观众的电视机，14英寸、显像管，黑白图像，品牌不详。它被安置在乡政府大院门前一个特意扎起的高架上，接受众人虔诚备至的注目礼。人太多，电视太小，加之信号又不稳定，挤不到跟前的我第一次看电视，其实只看到一些影影绰绰的画面，甚至可以说只是看见了黑暗中一团色泽古怪神秘的幽光。但尽管如此，我还是伸长了脖子，试图看到点儿什么，听到点儿什么。我记得非常清楚，身旁一个小青年不停的咳嗽声，立即招惹来一位中年人的呵斥："你一咳嗽，把电视画面震得都抖，你就不能忍忍吗？"说得我也对那个青年心起怨愤……第一次看电视，虽然几乎没有看到什么，但那个既有人影又出声音的神奇匣子，却让我在以后很长的时间里感到不可思议。一直没有理想的我，几乎就在那一夜有了鲜明的人生目标：好好学习，争取以后到乡上来工作。

短短几十年，在时光长河中只是一瞬。每每看到公园里远比当年那台千人围观的黑白电视强过不知多少倍的电视被当作垃圾而弃置，我都不由得会想起第一次看电视的事，并由此生出很多感慨。但这感慨却是模糊的，不知是为了白驹过隙般消失无踪的时光，还是为了那些永远清晰如昨的记忆……

怀念麻将

去国久了，自然会淡忘不少东西，大到某种过去曾信誓旦旦的观念，小到日常中微不足道的细节。但在淡忘的同时，却注定也有不少东西会在记忆之河中反复浮现，以至于成为挥之不去的念想。这种念想可能是老街陈巷、旧朋故友，也可能是风情民俗、美食小吃，大到一座城的总体记忆，小到一件事的具体细节，林林总总，因人而异。于我，时常念念不忘的，却是麻将。

我自幼生长在僻远的西北乡村，上世纪八十年代去北京求学之前，村人们农闲之时除了聚在一起聊天、听广播之外，我印象中唯一的娱乐就是老人们会围坐在一起，玩一种被称为"掀花花"的纸牌游戏。这种牌牌面纸质和扑克牌差不多，窄长条形，牌面中间画有人物或花草图案，两头则有一些黑红两色的椭圆点。我迄今不知"花花牌"的种类多少和游戏规则，但后来我在北京工作后开始接触麻将，总觉得它的样子很像是纸质麻将。也正因为如此，每逢闲暇和友人相聚搓麻，我下意识地都会想起小时候看村里老人们"掀花花"的情景：雨季或农闲时节，须发皆白的老人们便会三五成群地聚在一起，或热炕上，或树荫下，散开纸牌，掀起花花。入局者审时度势，围观者指点江山，你说我和，其乐融融。和谐安闲的氛围，让人觉得时间都不知不觉慢了下来。存留在记忆中的这种感觉，让我觉得工作之余的搓麻，亦增添了远比别人强烈的愉悦。那时我们打的是输赢极有限的"小麻将"，而且不许赢家将钱装进腰包，而是全部放进一个纸盒内。待战局结束，视盒内钱数多少，决定当天饭局水平的高低。这样没有输钱压力的小麻将，给了我做大牌的充分空间，我往往从只有两对牌就开始做七小对，从有三张同花色就谋划一条龙……当然结局是可想而知的：往往我的牌还没有成型，别人早已经和牌推倒了。几乎每次的饭钱，我都是贡献最大的一个。牌友们并不领情，反过来在饭桌上不是说我运气太背，就是笑话我牌技太差。

我之所以说自己怀念麻将，是因为来日本已经十多年了，我没有打过一次麻将。其实日本街头随处可见的"麻雀屋"，就是正儿八经的麻将馆。而我认识的在日华人也不在少数，他们也偶然会在聚餐之后，支起桌子搓上几圈。我之所以这么长时间没有摸过麻将，并非没有机会，而是缺少真正搓麻的心情：身处他乡，即便已能安身立命，却也难逃内心深处那份永远都挥之不去的漂泊感。而这份漂泊感，让我的每一个假日，似乎都怀有心思，都无法真正像乡下的农闲或雨季那样安闲和踏实。

我将自己的这种感觉与一个相交多年的老友分享，不料又被讥讽为矫情：你怀念的不是麻将，也不是乡下老汉们的"花花牌"。它们不过是一个道具，一个你怀旧的道具而已。

割勘

　　刚来日本的时候，外出和朋友聚餐，总能在小馆门口碰到正围在一起算账的女孩子们。她们既有年轻的女职员，也有上大学或中学的女学生。日本人聚会，除非有什么特别的名目，付账大都是采取这种被称为"割勘"的方式，即AA制的方式，也就是一起吃饭，饭钱均摊。往往先由一个人将账结清，事后其余人员按份额将钱再分别返还。女人聚餐如此，男人约局也一样。我之所以说总看见围在一起算账的女孩子，是因为男人向来粗疏，多一点儿少一点儿会含糊不计。而女人生性细腻，丁是丁卯是卯总喜欢算得毫厘不差。看到年轻的女孩子围在一起，认认真真算账的样子，我总会和同行的酒友们开玩笑说："咱们是亲兄弟明算账，人家是亲姐妹细算账。"

　　我其实是一个AA制的积极倡导者。当年在国内上班的时候，由于单位没有食堂，中午都是和同事们结伙外出吃饭。开始时是今日我结账，明天你请客，全凭个人自觉。但时间长了，免不了就有从来都不伸手接单的人，也就难免相互生怨。众人虽颇有微词，却无人提倡AA制。因为这关乎是否"义气""大方""豪爽"等个人声誉，更关乎中国人宁失金钱不丢面子的传统。虽然无人牵头，但当我斗胆提议AA制的时候，却被众口一词地欣然采纳了。因为实行AA制后，不但不再担心有人"总吃白食"，而且饭局可以比以往更有规模。于是这种能催生和谐的AA制方式在单位蔚然成风，并一直延续到我辞职之际。这件事在我看来，我们中国人其实对于合理性解决问题的方案并非天生排斥，而只是容易被沉溺在固有的模式中，一旦有人振臂一呼，种种禁锢其实顷刻间就会土崩瓦解的。

上中学的女儿时不时会和几个要好的同班同学去郊外游玩，我自然就成了迎来送往的车夫。有一次去接她们时，几个孩子正站在一家餐厅的门口算账。这次是女儿先行付了账的，其余几个同学正在返还各自需要承担的一千二百六十日元。和女儿关系一直亲密的春香说："这是一千二，我没有零钱了，六十块明天去学校给你。"按我的想法女儿应该说："行了行了，六十块也值得一提？"不料女儿说："好的，有了再说。"这让我大感意外并有些难堪。但看着她们友好、亲密而自然的表情，我这才忽然意识到，自己过去对别人爱面子的嘲笑，只不过是五十步笑百步而已，甚至有过之而无不及，因为真正爱面子的人，不管是不是出于真心，往往会豪爽地说："免了免了，这顿算我请客，大家一分钱都不用掏了。"而不会如同我的假大方一样，只是抹去微不足道的零头。

割勘，无关友情，只是一种行事的习惯。

丰年穷

　　十月初适逢三连休，我决定开车百余公里，去一趟埼玉县秩父地区的深山奥野，看看在那里世代务农育果的老朋友加藤好治。我与他已有两三年不见了。老人今年已经八十有四，听力下降到几乎失聪的地步。每次和他通电话，虽然我几乎都是在声嘶力竭地大喊大叫，他能听到的也勉强过半。就连我告诉他将过去看他的话，都是重复了四五遍他方才明白。加藤在电话里高兴地说："正是柿子收获的季节，这个时候过来太好了。"

　　加藤所住的村子叫两神村，处在连绵的群山和不绝的涧水之间。他所居住的祖屋据称已有近二百年的历史，曾经历大大小小的地震仍巍然屹立。在这座木造平房中，除了悬挂着加藤家族的族徽、许多故去的先人的遗照之外，陈列最多的，就是加藤所获得的各种各样的"感谢状"和荣誉证书。观其内容，多是对加藤慷慨捐助各种活动的表彰。这起码说明两点，一是加藤乐善好施，二是他经济富裕、多有余钱。但和加藤交往近二十年，前者我深有同感，后者却一直难以印证：身为两神村议员的加藤，从来都是勤于劳作而俭于生活的。他留给我的印象，永远都是粗茶淡饭，布衣旧衫，一年到头都风尘仆仆地耕作在田间。这是一个标准的农人的形象，我和西北故里的那些乡亲完全同类，唯一的区别只是劳作的土地经纬不同、国度有别而已。

这次到秩父，果然正是柿子收获的季节。加藤家不但果库里已经收获了大量的柿子，而且良田百顷的果园里，仍有不少高矮不同、种类繁多的柿子树上硕果累累，一派丰收在望的喜人景色。我见状和加藤开玩笑道："今年风调雨顺，是老天保佑你发财啊。"不料闻听此言，年已耄耋的加藤一脸苦笑地说："还发财？收成越大，收入就越少，这就是所说的丰年穷啊。"见我不解，他解释道："因为今年柿子大丰收，不但卖不上价钱，甚至滞销在库。就拿这种一直非常有名的品种而言，往年一只能卖到八百日元，今年降价到三百，却都少有人问津。"辛苦收来的果实遭遇如此，对于一个农人的打击可想而知。我于是只能试图安慰加藤道："你辛苦一生，现在年事已高，只该安享晚景。这些事都该交给儿女，无须自己再操心了。"不料听罢此话，加藤更是愁容满面："我虽然已经儿孙满堂，可愿意子承父业者寥寥无几。而我又到了苟延残喘的岁数，今年不但采摘柿子大部分靠雇人，就连我几十年都没有中断过的柿饼制作，都只能放弃了。"加藤的柿饼是当地"名物"，就连出版物和电视中都有过报道，一直是他为之自豪的产业。如今面临失传，放在谁的身上自然都会焦虑不堪。

在两神村待了两天一夜，看着这个因年轻人大量前往大城市就职而显得冷清的山乡小村，我想所谓的"丰年穷"对加藤而言，心理上的打击比经济上的影响一定更为沉重：依旧肥沃的土地，难道注定无法逃脱将被撂荒的命运？

身后

一别数年，再次见到日本朋友伊藤的时候，这个可怜的酒鬼已经成了一个没妈的人。他一如既往酒不离手，只是神情远比往日黯淡和落寞了许多。他说去年母亲突发心梗，洗澡时死在了浴池里。伊藤说起此事，甚至调侃地用了"赤裸裸来，赤裸裸去"这样的句子。但我知道他是在故作轻松，那个一直像对待一个长不大的孩子般对他既照顾有加又苛责不断的母亲，一直是伊藤在这个世界上最依赖的人，也是不懈地试图将他从酗酒状态拉回正常生活的人。伊藤过去总是抱怨："我这个老娘，天天唠叨我喝酒的事，简直快要让人窒息了。"如今再没有了昔日的管束，伊藤即便醉死街头，都不会再有人夺下他手中的酒杯。伊藤脸上失落的表情告诉我，对于美酒想喝就喝、欲醉便醉的自由，其实他昔日只是挂在嘴头，内心并没有真正的向往。对于母亲管束的抱怨，则更像是一个孩子对母爱变相的炫耀。

伊藤家过去是当地一个望族，因历代经商而富甲一方。到了他父亲这一辈，却因连续的变故而家道中落。尤其是他父亲系单传且人到中年便患疾离世，伊藤孤儿寡母过去优越的处境自然一落千丈。也许正是生活的变故，让伊藤从年轻起就迷恋上了借酒浇愁的生活方式，成了当地人们一提起就连连摇头的酒鬼。他曾两次结婚，但都终因嗜酒而遭到抛弃，不得不和守寡半生的母亲相依为命。虽说生活不易，但总是瘦死的骆驼比马大，伊藤母子在原公司里所占的股份，倒也足以令两人衣食无忧。我和伊藤母亲多有接触，其实让这个女人最难以接受的，不是生活本身的艰辛，而是昔日辉煌和如今平庸所形成的巨大反差。每当聊天，这个话痨的女人很少听我说话，而是永远沉浸在对过去岁月的回忆中，喋喋不休地描述着曾经奢华无度的生活和在当地呼风唤雨的荣耀。而谈话的结尾几乎每次都一成不变，伊藤母亲会长叹一声："要在当年，即便儿子沉溺酒精，我也不会如此焦虑，但要担当起复兴家门的重任，舍他其谁？"听到这个年迈女人如此感慨，我总想劝慰她说，人生沉浮，盛衰难料，既然昔日辉煌曾带给你诸般美好，何苦让这些记忆成为今日痛苦的根源？你们母子现在比上不足，比下却绰绰有余，为何不安心当下而幸福生活？但我到嘴边的话最终却都咽了回去，因为我一个外国人的话于她是无足轻重的，说了也是徒费口舌。

伊藤带我去看了看她母亲的卧室，那里虽然人去屋空，却依然保持着往日的样貌。屋门对面的墙壁上，依然挂着那幅《枫桥夜泊》的书法作品。那是当年受老太太之托，我请北京一位书法家写的。书法家当时风头正健，因为和我交往多年，虽碍于情面没有拒绝，但在挥毫的过程中，还是念念有词地说了许多诸如他的字现在如何如何值钱、如何如何被权贵富豪竞相收藏之类的话。看到多年前的这幅字，想想业已作古的友人，我忽然觉得人生谢幕有时其实并非是份遗憾。因为我是个怀疑主义者，不确定有无来世。想想在世时的纠结和挣扎，现在都被悉数遗留在了他们身后的红尘之中……

如果真的没有来世，此时他们自己的世界终于一片清凉……

沉重的自尊

　　日本的食品超市也不例外，总会不定期地举行"试食"活动：将新商品拆封烹调，用小的器皿分装摆放，供顾客品尝，以达到促销的目的。煎饺子、烤牛肉、蔬菜沙拉、比萨饼、速食酱汤、果汁、啤酒……冷的热的、吃的喝的，无所不包。试食摊前，无意购买的顾客多会谢绝店员的热情招呼，径直走开；而有兴趣的客人会接过举到眼前的样品，品尝过后再决定是否购买。而摊前最容易聚集的，是不谙世事、无忧无虑的懵懂小儿。如果试食品符合小家伙们的胃口，他们就会刚将空盘放进垃圾袋，又踮起脚取来新的一盘，满脸快乐地大快朵颐。在一旁购物的妈妈们看到后，会不好意思地斥责孩子几句，然后牵着他们的小手匆匆离开。

　　孩子们无所顾忌、自得其乐的自由之举，像照进循规蹈矩、装模作样的成人世界的一丝亮光，常常会使我从内心深处泛起由衷的羡慕。

　　去年底，我住所附近新开了一家食品超市。因为步行仅要三五分钟，便没有必要像过去那样，每逢周末去超市，一次性买足一周所需的食材，而是随需随买，这样我每天都会去超市转上一圈。在这家超市各种各样的试食柜台前，我几乎每次都会遇见一个不知其名的熟人。

　　这是一名年过花甲的"无家可归者"，其栖身之所就在附近旧中川的一座铁桥下。说是熟人，是因为我下午散步时，经常会在附近和他擦肩而过。时间久了，彼此成了熟脸，自然会点点头相互致意。我搬到现居已经数载，但迄今为止我对他的身世、经历甚至姓名却都一无所知。过去碰见老汉的时候，他不是在收集垃圾站的饮料罐去卖钱，就是在中川边晒着太阳喝酒，或者坐在桥下用硬纸板搭起的窝棚里发呆。在常见的无家可归者当中，应该说，该老汉算是干净利索的一位，无论衣着打扮还是举止神态，都和普通的退休老人毫无二致。所以当我第一次在超市碰到他时，以为他是来买东西的，并没有留意。可是渐渐我才发现，每次在超市和他相遇，都看到他在试食柜台前吃东西。后来经过我刻意观察，老汉每次在超市都会将所有的免费试食品尝一遍，然后出门骑车离开。与无知者无畏的懵懂小儿不同，他像个普通顾客一样礼貌地接过装有食物的器皿，吃完后会拿起该商品观摩一番，然后再放回原处。而且他严格恪守通用准则，在每个试食点只取一份。但频繁的光顾，超市的店员其实都已经认识了这位特殊的顾客，他们常会在他吃完一份后，又好意地递上一份，但都被他礼貌地谢绝了。

这天超市里在搞一种新口味比萨饼的试食，一个两三岁的小姑娘吃完一份后，又伸手到店员的手中去拿。年轻的妈妈赶紧上前阻止并购买了一份，可孩子噘嘴说："你买的是生的，现在又不能吃。"店员笑着又递过来一块，小女孩立即满脸堆笑地接了过来。

幼小的孩子和年迈的无家可归者，都是只会试食而不会购买的人。或者说，他们都是一无所有的人。但看看两者完全不同的表现，我忽然明白，即便是看上去一无所有的成人，内心里却都已经填满了让人无法自由的沉重……

不管有没有天堂

　　进入三月的东京，虽偶然还会有一两场倒春寒，但春天的影子已经变得清晰而切近。寒流远去，气温回升，各大公园的梅花渐次开放。蜂拥而至的游客脸上，也写满了冬去春来的明媚与喜悦。距家不远的香取神社，是我每日下午散步的必经之地。神社很小，除年节祭祀，平日冷冷清清。但神社入口处名为"香梅园"的小园子，却在这个不节不假的季节里，让神社内聚满了前来观花的游人。我路过此地，有时也会停下步子，驻足一观。

　　前日在观梅的人群中偶遇一老翁，瘦骨嶙峋，鹤发飘然，看上去已在耄耋之年。老人一手拄杖，另一只手中握着一个镜框。镜框内是位老妇人的照片，慈眉善目，神态怡然。与老人攀谈后得知，相片上的人果然如我所猜是他的老伴儿，辞世不过短短半年。老人说，他就住在附近，过去每年这个时候都会和老伴儿同来神社探春赏梅，数十年从未间断。如今老伴先他而去，自己只好带着她的照片来这里重温旧梦。他说："去年春天我是推着轮椅带她过来看花的，她说自己可能是最后一年了，现在想想还果然应验。"我礼节性地安慰道："睹物思人，易惹旧念，老人家节哀啊，您老伴儿不过是先您而去了无忧无虑、无病无灾的天堂。"令我有些惊诧的是，老人呵呵笑了起来："没有忧虑，就无所谓轻松；没有痛苦，就无所谓快乐。人的所有幸福感，都是通过比较而获得的。如果天堂真是人们所描绘的那样，去与不去也就没有什么意义了。"此话从一个生命进入暮年的老人口里说出来，其乐观和豁达着实让我颇为吃惊。我这才注意到，老人和我聊天时一直是笑盈盈的，表情中全然没有我想象中应有的哀伤或自怜。倒像他手中所握的，并非是一张亡人的遗照，而是相濡以沫的老伴儿温热依旧的手心。大概看我一脸惶惑，老人看着照片说："其实于我而言，与她共同度过的这半个世纪，就是我理想中的天堂的日子。死后不管有没有天堂，我都不太在意了。因为我已经知足，而且我相信她同样也知足了。"

从香梅园出来，我不时回头看看老人弯腰驼背、行动迟缓的身影，昔日那种很容易滋生和泛滥的悲天悯人的情绪，竟渐渐被越来越浓的由衷的羡慕所取代了……

繁华的他乡

因为置换住所的缘故，我偶然结识了某家房屋中介公司的一位王姓年轻人。小王是内蒙古人，大学毕业还没几年。谈起北漂史，却是一脸的辛酸。他说当年怀揣数百元来京，心想在这样一个遍地黄金的地方，自己身强力壮，又是大学生，总不至于找不到一个饭碗吧。但结果却是他真的到了沦落街头的悲惨处境：屡次找工作没有着落，钱花光之后，茫茫人海又无一人可求，于是只能靠捡拾垃圾或讨饭度日，而夜里不是露宿桥洞，就是在昼夜营业的餐馆里熬上一宿。最终没有办法，只得向远方的父母求助……我问他至今北漂也有几年，混得如何了。小王一声长叹："能怎么样？房屋中介挣钱没有准头，这个月看似不错，下个月没准一单都做不成。我们天天在给人家办理房屋过户，心里却比谁都清楚，在北京这样的大城市要攒钱买一套房，这一生恐怕都只能是个梦想。"

小王让我想起了一个姓水垣的日本人。水垣与小王年龄差别不多，经历似乎也多有相仿：从南部某小城市毕业后，告别家人，只身来东京打拼。而与小王不同的是，那时日本经济正处于上升期，加上日本的雇佣制度比较稳定，水垣很快就过上了看上去体面优越的生活。我曾应邀去过他的住处，那是位于某地铁车站附近的一套两居室公寓。我道贺他乔迁新居，并不无羡慕地夸他年纪轻轻就有能力购买这样的住宅。不料水垣听后笑了："哪里，这是租来的。"我惊诧地说："以你的收入，完全有能力贷款买房了，何苦白花租金呢？"水垣说："日本人尤其是年轻日本人，没有谁热衷于买房的。买房就意味着定居某地，如果想换个地方待，那该多不方便。"我当时还想，东京就等于中国的北京了，你不在这里待着，还能跑到天上去？但水垣第二年却真的辞职了。在告别的聚会上，他告诉我说自己要回家乡的小城市去。我问他是家人年老了需要照顾，还是回去子承父业，抑或为了远方的爱情。水垣笑了："都不是，只是太不喜欢东京的大了。在这个巨大的都市里，其实我们所住的房子就那么一间，所认识的人就那么几个。而东京之大，却带来了拥挤，带来了竞争，带来了高物价。我努力适应了几年，还是觉得生活在家乡的小城里舒服。"

我把水垣的故事告诉了小王，小王沉默半天，却还是一脸的疲倦和茫然："回内蒙古我们老家去，房价物价都极便宜，过上有房有车、吃喝不愁的日子易如反掌。可人往高处走，水往低处流，离开北京这样的大都会，总是觉得心有不甘。"然后便骑着他那辆破旧的电动车去忙碌奔波了。看着淹没了小王的穿梭人流，看着四周林立的高楼大厦，我忽然觉得这座城市的繁华变得模糊而遥远……

无人伸手的馅儿饼

　　周末，朋友在日本留学的孩子来家做客。饭间看到一则电视新闻，说是东京都多摩地区为了吸引外地人来此定居，新设了送房送地的特别政策：申请人在申请通过之后，不但会获得地方政府白送住宅和土地，而且还会享受当地一系列优惠政策。而申请者的条件非常简单，一是年龄不超过四十岁，二是接受赠与后，必须在此地住满十五年。电视画面上那一幢幢待送的房子虽然都是中古住宅，但大都是建筑精美的"一户建"，车库、花园一应俱全。朋友的孩子见状惊呼："天上掉馅儿饼啊，居然有这样的好事！"但看似应该众人挤破头争相申请的一桩好事，结果却是名额有二百之多，但自从政策公布并实施至今，申请者只有寥寥二人。

　　其实这并非什么新鲜事，类似的政策在日本不少地方都曾实施过。有的甚至比白送房子还要优惠，但似乎增加本地人口的效果都不甚理想。究其根本，无非有两大主要因素：一是少子化和老龄化使得日本人口连年减少，二是近年日本人口越来越向大城市集中，使得城镇乡村"过疏化"倾向日益加剧。根据日本厚生劳动省数据，2014年日本人口下降了26.8万，创历史新高。2014年日本全国出生人口100万，同比下降

2.8%，而死亡人数则升至127万。在这样的背景之下，人口呈现出明显"过疏化"的地域，制定各种优惠政策，以图吸引定住者，减少人口下降趋势，当然便会被视作不得不为的挽救之策。但问题是面临此类问题的地域并非个例，而是变得越来越多。僧多粥少的时候，粥当然会因供不应求而弥足珍贵。但情况反过来，如果是粥多僧少，不但不可能再看到众僧挤破头去抢粥，相反，满锅的香粥想找人来喝都难上加难，只能眼睁睁地看着腐在锅里。我曾看过一个电视节目，一个在鼎盛期曾有数百人居住的孤岛，渐渐发展到只剩下一户人家，且是一对分别为八十多岁和六十多岁的母女。到定期轮渡停航的那一天，这对母女也无奈地离开了守望了大半生的家园。对于这样一个人去屋空的孤岛，别说送房赠地，就是把整个岛送人，也未必有人愿意前往。

众所周知，日本一直是个非移民国家。即便对于符合相关条件的外国人加入日本国籍，也被称之为"归化"，归化者须取日本姓名，让自己成为大和民族的一员。面对因少子化而越来越严峻的人口下降问题，近年来也有不少有识之士认为，日本如果拒不开放移民政策，人口的连年减少不但会导致国力下降，致使经济总量下滑，甚至以后会严重到有"亡国"之虞。但面对此起彼伏的这一呼声，首相安倍却在国会上明确表示，日本不会考虑移民问题。我想，如果真到了那一天，即便天上真的有馅儿饼掉下来，却恐怕连可以伸手去接的人都没有了。

临时风景

归国半年，当九月底再度返回东京的时候，我的感觉是从一段熟悉的生活，又回到了另一段虽然完全不同却同样熟悉的生活。与日新月异的北京不同，这个异乡的都市十余年来在我眼中几乎一成不变：家旁的旧中川里依旧鱼游虾戏、佐川急便的仓库前依旧车来车往、东墨田幼儿园的院子里依旧传来孩子们童稚的欢声笑语……我恢复外出暴走的第一天，一切都同半年前一模一样，以至于当我在附近公园看见那位坐在树下读书的老人时，也觉得他不过是一位临时过客，很快就会从这幅早已为我熟悉的固定场景中消失。

令我没有想到的是，日复一日的重复，老人竟让自己固化为了我生活场景中的一幅固定画面：每天下午三点，当我穿行那个面积很小、通常无人问津、坐落在偏僻一隅的公园时，都能看见那个老人坐在一棵粗大的樱花树下，在安静地读着手里厚厚的一本书。他的身旁，总是停放着一辆自行车，后座上驮着装满易拉罐、废旧报纸等垃圾的编织袋。

好奇心驱使我开始注意和观察这位不速之客。那辆总是装满可回收垃圾的自行车，表明老人是个拾荒者。但他总是俭朴却整洁的衣着，却让我对这一身份难免有些怀疑。更令我感到不可思议的是，老人手中所捧之书，既不是很多老人用来消磨时光的漫画，也不是诸如钓鱼、赛马、汽车之类与个人兴趣有关的杂志，而是一部又一部的文学经典。其中既有日本作家的，也有翻译成日文的外国作家的；既有古典的，也有现代的。虽然日本是一个国民普遍比较喜欢读书的国家，但一个拾荒老人日日捧读文学巨著，还是让我感到万分好奇。我多次停下脚步，试图通过和老人攀谈一探究竟，但老人专心致志沉浸文字世界的样子，终让我不忍惊扰，而只能转身离去。一路暴走途中，我总在暗自思忖：这个突兀出现的老人，生活如此困窘而又如此嗜书如命，他到底有着怎样的身世和经历？尽管我设想了各种可能，但最终还是又被自己否定了。

　　一个多月后的一天下午，当我再次经过那个小公园时，却没有看到老人那熟悉的身影。读书老人已经成了这个场景的一部分，此刻，空荡荡的樱树下，呈现出一种令人感到一时难以接受的缺失。昔日老人初来乍到的突兀，如今已演化为他悄然消失的不适。我在树下呆立良久，心里竟然泛起一缕强烈的失落感。在随后的一段日子里，我特意改变原来一成不变的暴走路线，以期能与那个老人再度相逢，以期能和他促膝相谈，了解他看上去不同寻常的身世和经历。但附近的河畔、公园和空场上，我都再也没有看到他的身影。我甚至去荒川岸边无家可归者集中宿营的场所探问，但对于这位老人也全然无人知晓。

　　那天再从公园里穿行而过，我望着樱树下那片空荡荡的场所，心里甚至有些恍惚起来：那个衣衫整洁、忘我捧读文学经典的拾荒老人，到底曾经是这个场景中的真实人物，还是只是出自我的想象？

　　毋庸置疑，我有些怀念那幅过于短暂的临时风景。

曾经急于逃离的故乡

这几年，我几乎每年都是一半在东京，一半在北京。初春回到这座我曾工作生活了近二十年的都市，情况总会千篇一律：先是干咳多痰，再是咽喉肿痛，最后发炎低烧。每次去医院诊治，问及病因，大夫都会轻描淡写地说："雾霾！你在国外待得太久，需要一段时间的适应而已。"在这段痛苦不堪的日子里，看着这座城市频发的雾霾天气，我想念的却并非空气远比这里干净，且只需三个小时左右就能重返的我东京的住所，而是承载了我童年时光的遥远的故乡，一个我曾经那样渴望和急于逃离的地方。

在我的记忆中，位于乔山脚下、关中平原北侧的僻远的故乡，其实没有一丝值得留恋的地方。它大地赤贫，沟壑遍布，除了有限的几种农作物外，几乎别无所产。它偏远闭塞，生活单调，只有一条蜿蜒的土路通往不可知的远方。它村舍简陋，资源匮乏，村人几乎在半饥半饱的状态中重复着一个个毫无生机的日子……我从懂事起就明白了自己的前途：在这片土地上厮守一生，天道酬勤，在庄稼地里汗水落得多一些，肚子挨饿的情况就少一些。这让我年少的心既有些不甘，又有着几分对宿命的暗叹。但我上初中那年，国家恢复高考制度的消息，忽然让原本注定的人生有了改变的可能。尤其第一年高考，或近或远的村庄都传出有人考上大学或中专、完成了鲤鱼跳龙门的消息后，我几乎立即认定，通过高考走向外界将是我人生的唯一选择。也就是在那一刻我才意识到，原来自己是如此渴望、如此急切地想逃离故乡。

从1983年我赴京求学，然后留京工作，再到后来客居岛国日本，时间已经匆匆流逝了三十余年，我也从当初一介莽撞少年变成了年过半百的中年人。在这个漫长的过程中，曾如此厌倦、本应消失在记忆里的远方的故乡，却如同在经历被时间的迷雾遮挡隐藏之后，像一只熟悉不过的老船，随着它从心海深处驶出而越来越清晰。令我大感意外的是，昔日对故乡一无是处的记忆，在时光的熏染中如同被重新彩绘，变得如此神奇和充满魅力。那里山青水绿、天蓝云白，那里民风淳朴、路不拾遗，那里远离喧嚣、宁静安详……即便对曾经饿着肚子且要从事繁重的体力劳动，我都能给出这样的解释："养生不是提倡少食多动吗？多少年前我们老家的人就在身体力行了。你看看现在城里人，动辄五六十就身患绝症，而我们村的老人基本上都过了九十。"

其实，我并不清楚自己对于故乡的偏袒和怀念，有多少成分出于对所居都市喧嚣和污染的厌倦，而又有多少成分只是缘于年龄原因而不可避免的怀旧意识，但有一点却是不容置疑的：曾经渴望逃离的故乡，随着岁月的变迁，已渐渐变成了曾经的远方，越来越充满诱惑，越来越强烈地拨动我的心弦，以至于像当初从故乡小路通往未知的外界一样，变得让我魂牵梦绕……

曾经的风景

　　家住埼玉县秩父郡深山奥野的农人加藤，是我十数年的朋友。我曾多次到他那幢有着百年历史的老宅做客，时间既有烈日当头的盛夏，也有细雨霏霏的初秋。人工建造的都市各有其风格，而天下山野之景却基本相同。每次去加藤的府上小住，那片遥远而陌生的土地都带给我久违的熟悉和亲切。村前静静流淌着的寂寞小河，山坡上在四季里自枯自荣的无名花草，都让我仿佛又回到了童年时代，正在重游早已定格在了记忆深处的故乡。尤其是深秋时节，挂满累累果实的成片成片的柿林，更让我一时间心生恍惚，早已经忘了其实自己正身处于陌生的异乡。

　　承载了我童年岁月的乡下老家，虽号称隶属"八百里秦川"，其实却位于乔山之畔，地势起伏，沟壑纵横，并没有平原地带的广袤和开阔。西北僻野的秋天是萧瑟荒凉的，自然没有日本乡村鲜艳热烈的色彩。也正因为如此，老家崖畔、沟边、路旁、坡顶随处可见的柿树，便成了一道绚烂亮丽的风景，装点着故乡沉闷而单调的秋色。每当秋天来临的时候，随着几场飞沙走石的狂风，顿时枯叶落尽，草木凋零。而此时柿子刚刚成熟，落光了叶子的秃枝枯杈上，火红色的果实由点成串，由串成片，一簇簇、一团团，如跳动的火焰，像怒放的鲜花，在满目一片枯黄的深秋里，显得极其醒目和充满活力。老家的柿子和加藤栽种的甘柿不同，皆为涩柿，品种常见的有三种：大而扁的大柿、中而方的蹄柿和小而圆的火笼柿。除了三种柿子皆可去皮晾晒成带着霜糖的柿饼外，大柿和火笼柿一般被置于阁楼或暗处，等其变软后用来拌炒面吃。而蹄柿则用温水浸泡以去掉涩味，吃起来脆甜可口。在物资匮乏的西北乡下，廉价而美味的柿子，曾慷慨地馈赠给我贫困童年难得的甜蜜和快乐。在我的记忆中，那些柿树似乎都是野生的，成行成片，数量庞大。它们起初没有归属，由村人任意采摘。到后来由于不加节制的乱砍滥伐，柿子树渐渐变得越来越少。每逢秋收，只好由村里出面分配。开始时每户尚可分到三五棵，到我离开故乡赴外地求学那年，村子四周已经看不到柿子树了……

我清楚地记得，离开故乡的那天是个阴霾的深秋。我站在村前的沙石公路上，等待班车将我送往遥远而叵测的外地。我环视着这片从出生就未离开一步的土地，那曾再也熟悉不过的田野、村舍、土塬及沟壑，在我的眼里却显示出一种古怪的陌生。我总觉得缺少了点儿什么，可一时却怎么也想不起来……

怀念的距离

回到北京已经一个半月了。半年不见，自然多有昔日故友频频招饮，让人既快乐而又疲倦。上个周末，我婉辞酒约，一来为暂别应酬，稍息身心；二来想静心写作，偿还文债。不意两天的清净，已经身处其中四十来天的居所及四周，就如同散尽因我沉醉恍惚而缭绕的迷雾，忽然呈现出一种令人感到怀疑的陌生。

我在北京的居所处于一个老旧小区，已经有二十多年房龄的六层板楼，在漫长岁月的侵蚀中已经容貌沧桑：外墙斑驳脱落，如同老人身上的寿斑；自封的阳台五花八门，看上去杂乱无章；走进光线昏暗的楼道，墙壁上写满了各类广告和电话，密密麻麻；楼道拐角处散乱地堆放着废弃的家具或杂物，凌乱不堪……加上小区老旧，管理混乱，卫生状况一直难尽如人意。随着近几年私家车保有量的快速增长，小区几乎所有空地上都停满了大小汽车，道路上的车辆更是首尾相接，难有清静的时候。由于小区里新建了一所名牌大学的附属中小学，使得"学区房"尽管价格一路攀升，但房源依旧紧张，许多学生家长一直持币待购。我曾有过将自己的居所卖掉，在别的小区重新购房的打算，但对于一个已经生活了二十多年的地方，要彻底弃之离去，却还是难下决心，以至于一拖再拖，易房而居的事到现在也没有提上议事日程。

小区这样混乱的景象，会让我不由自主地怀念已经住了十余年的远方的东京。在那个人口密度远比北京要大的城市里，由于城市规划和管理科学到位，到处给人一种秩序井然的感觉。我所居住的那个由两排低矮小楼构成的小区，一年四季整洁安静，几乎听不到车辆的噪声。向东步行数分钟，就是古老的旧中川。河水平静而流，两岸是茂密的苇丛和成排的樱树。行走其间，恍惚给人一种远离都市、回归自然的错觉，顿感心旷神怡……只可惜对东京如此美好的印象，并非我身处其境时的真实感觉，而恰恰是回到北京后因小区环境的反差而引发的。客居他乡的日子里，我对那份安宁、有序和干净不仅熟视无睹，而且觉得那只不过是单调、死板和了无生机，那时我内心时常涌起的却是对北京这个小区的无限怀念。在我的怀念中，眼下这个小区所呈现出来的拥挤、无序和脏乱，却是人们生活的热情与活力，让我的内心充满温暖。

人常说距离产生美，人与人如此，人与环境亦如此。身处一个地方久了，在对它产生故乡般的亲切感的同时，也难免会因为生活日复一日的重复而变得挑剔和厌倦，而这份挑剔和厌倦，势必勾起我们对另一个遥远而又熟悉的地方的怀念。

距离，总会让人们对远方充满怀念，而眼下的所在，也势必成为下一站的远方，也势必被无限缅怀。

沉静有时也是一种力量

曾经有人这样描述过日本人和中国人的区别：如果把两者都比喻成鱼缸中的一群鱼，代表日本人的鱼群作为个体可能会显得有些缺乏个性、无精打采，但作为整体却表现出高度的协调和统一。这样统一行动的结果足以使鱼群形成强大的合力，甚至足以撞碎鱼缸。而代表中国人的鱼群，虽然每一个个体都精力旺盛、底气十足，但在行动上却往往缺乏协调性，无组织纪律性可言，我行我素。这样行动的结果不仅无法形成合力，而且个性的能量相互抵消耗费，别说形成冲破鱼缸的强大合力，就连掀起波浪都困难异常……这个比喻或许有其偏颇之处，但就形容日本和中国两国国民的性格特征和文化个性而言，却不能不说是切中了要害，道出了实质。

前几年，一场百年不遇的金融危机席卷全球。短短几个月时间内，世界各国几乎无一幸免地陷入了企业收益大幅下滑甚至破产、员工纷纷遭遇减薪甚至裁员的苦境，而由此引发的社会问题和家庭悲剧也是随处可见，触目惊心。面对如此严峻的经济形势，多年来因为受美国文化影响和社会富裕、收入稳定等社会因素而形成的超前消费方式，其实使日本人比素有储蓄传统的中国人更容易陷入生存困境。许多派遣社员本身工资就不高，几乎是毫无存款的"月光族"。一旦遭遇裁员，而他们又不是能够享受失业保险的非正规雇佣者，口袋里的余钱往往维持不了几天的生活。他们不是无奈地回老家投奔年迈的父母，就是流落街头，成为一名漂泊不定的无家可归者，甚至寻一僻隅，默默地结束自己的生命。日本文化向来崇尚隐忍之风，表现在生活中，日本人往往谦逊有礼，不事张扬，努力让自己的个性内敛收缩，时刻遵循社会公有的规范和准则，尽可能与早已形成的大众行为准则整齐合拍。日本人非常忌讳自己的行为给他人带来"迷惑"，甚至到了"宁死不求人"的偏激程度。面对那次异常严重的金融危机，我们屡屡从电视报道中看到西方诸国规模盛大的示威游行和罢工，可以看到团团围住倒闭工厂讨要拖欠薪水、讨要说法的愤怒的民众。同样是遭遇了减薪甚至裁员，更多的日本人则是把生活的重压和对前途的担忧深埋心底，以坦然和沉默接受了来自命运的挑战。那段日子里，我在日本电视节目中看到了许多遭遇解雇的派遣社员沦为无家可归者的报道。那些人到中年却再一次走进凄风苦雨的日本失业者，浮现在脸上的表情往往不是我想象中的对社会不公、命运不济的愤愤不平。在他们长久的沉默中，虽然难以掩饰内心的悲苦和凄凉，但"逆来顺受"却也带给了他们一份罕见的理性和沉静。

我并无意由此片面地对日本的国民特性大加褒扬，但日本人面对金融危机甚至各种天灾人祸时看似软弱的"逆来顺受"，却不无值得借鉴之处。当人们遭遇灾难或困境时，一味地抱怨有时不但无助于事情的解决和自我命运的改善，相反会带来更大的负面效果。保持冷静和理性，以坚毅直面灾难，以耐心承受痛苦，巨大的社会重压才能够得到最快、最有效的分解和消化，个人的命运也才有可能迎来转机。

每个人都独善其身，其实就是兼善天下。

无家未必无境界

　　早在来日本之前，就听说东京无论车站、街头还是公园，到处可见数量不少的无家可归者。近年来经过逐步清理，新宿、池袋、涩谷等大站的露宿者已经很少。据说随着政府出台的一些措施，整个东京地区的无家可归者总量也在减少。但这一社会问题依旧如同一个黑色的瘤子，异常醒目地附赘在这个现代大都会已略显老态的肌体上。

　　多年前，我在悉尼一个以聚集流浪汉、酒鬼和同性恋著称的公园里见过真正的无家可归者。那时年轻，加之人种差异所形成的陌生感，在我的印象中，无家可归者就是各种罪犯的预科，他们肮脏、绝望、心理阴暗、自暴自弃……但随着在东京居住日久，越来越深入地接触到了这群生活在常规之外的人群，也就越来越多地纠正了自己的偏见，改变了对他们的看法。

　　搬来现居之前，我曾在东京郊外的稻城市住过两年。附近有河名多摩川，水流不大，河床却甚阔。两岸渐渐便成了茂密的杂木林地。那里，就零零散散地分布着一些无家可归者们的窝棚。某夏，我去河边游玩。心下好奇，就去了一户独处的无家可归者的"家"。那是茂密的草丛深处的一个隐所，蓝色雨布搭起的三角帐篷，仅可容一人之身，类似西北老家的瓜庵。前面有一块收拾出来的空地，一张木案上摆放着碗筷水杯等简单的生活用品……主人是个清癯的老人，银丝满头，着装朴素干净，正坐在马扎上听广播。我曾听人说，独处的无家可归者多性格古怪，甚至有隐案在身，接近有惹出祸端之虞，因此有几分紧张。但这紧张立即被老人平和安详的眼神所消解。老人没有丝毫陌生人闯入的戒备和不满，坦然地让我坐下，有一搭无一搭地和我说话。一只日本犬吐着舌头伏卧在地，身边几只土鸡在安闲地觅食。夏风吹动着杂草，发出类似波浪的声音。城市杂乱的噪声遥如梦境……这哪里是一个和乞丐画等号的流浪者的居所，简直就是"结庐在人境，而无车马喧"的诗意境界啊。我无意打问这个老人失去家居生活的原因，是金钱、家庭矛盾、情感逃避，还是什么别的。但从老人平和的眼神和自如无欲的生活态度上，我第一次看到了一个和我印象完全不同的无家可归者。

现在，距家不远的上野公园和隅田川两岸，依然是东京无家可归者比较集中的地方。从电视节目、报纸文章和个人探访，我知道了形形色色的关于他们的故事。成为此群落一员的原因各有不同，状态和结局也千差万别。但有一点不可否认，无家的状态已经成为其中不少人的生活方式，成为一种独特的精神境界，不是金钱和物质的满足就能让他们回归家庭、回归社会的。就如同出家的僧侣、就如同隐士、就如同看似痛苦的修行者，俗世的关怀甚至悲悯其实都是盲目和可笑的。

"太岁"的午餐

　　"太岁"不是真的太岁，而是我为一只流浪猫所起的名字。之所以叫它太岁，是因为其毛色浅黄，体态肥硕，行动缓慢，总让我联想起传说中神秘的太岁。第一次与它相见，已经是两年前的事了。我记得那是一个初秋的午后，由于当时我每日沿其岸散步的旧中川在进行河道清理，我被迫将路线改往了河岸旁的一条马路上。我沿路基由南往北而行，右侧是建于河堤上的护栏，左侧是一排人家的住宅，为清一水儿的"一户建"。当时"太岁"正在一户人家的阳台上进餐。这只黄猫之所以吸引我的目光，并非它有些卡通的外形，而是因为它正在遭遇欺凌：站在阳台栏杆上的一只体形硕大、毛色黑亮的乌鸦俯冲下来，呱呱大叫着赶走了黄猫，从容地独享起了盘中的美食。而那只胖嘟嘟的猫儿完全被乌鸦的霸气震慑住了，躲在阳台一角，缩头缩脑、神色惊恐却心有不甘地远远看着。聪明的乌鸦对来自人类的厌恶心知肚明，所以当我从一旁路过时，那只乌鸦立即警觉地飞上了一旁的树枝。黄猫见状大喜过望，蹑手蹑脚地走向餐盘又开始大吃大喝起来……当时我并不知道它是一只流浪猫，而以为是这家人所养的宠物。看着它发黄的毛色、肥胖的体态和慢慢吞吞的样子，我便私下做主给它取名为"太岁"。

河道整理工程漫漫无期，那段时间里，我几乎每天都和"太岁"相遇。而几乎每次，那只执念不改的乌鸦都会来吃霸王餐，而"太岁"都是只有忍气吞声的份儿。我诧异于该户人家的不闻不问：只要将"太岁"的午餐移至室内，乌鸦岂不只剩下了隔窗相望的机会？直到有一天恰好碰到一位年约古稀的老妇往餐盘中堆放食物，我和她闲聊中才得知真相："太岁"并非家养宠物，而是居住在河边苇丛中的一只流浪猫。数年来，每天都会准时到这里来吃她提供的免费午餐。我说起乌鸦夺食的事，老妇笑了：其实为了能让猫儿吃饱，我每次都多加了分量，足够它们两个了。但猫和鸟彼此习惯了固有的关系，每次都是这样你争我夺的。

那天的散步途中，我一路颇多感慨：日语中将流浪猫称为"野良猫"，与脱离人类居住环境、完全野生化的"野猫"相比，所多的一个"良"字，说明人们认可它们对人类生活秩序的遵从，属于可被接纳的范畴。而东京乌鸦早已经成了臭名昭著的公害，人们对其厌恶程度有增无减。那只强悍的乌鸦，其实是因"太岁"而同样获得了免费午餐的机会，而它却不但毫无感恩之情，反而对后者颐指气使甚至肆意欺辱……

但我很快就自嘲地笑了：这只是自己作为人的想法，如果乌鸦有人类的自觉，那它何不花工夫得宠于人类，而甘愿沦为免费午餐的抢食者？

盛期，我与你总是擦肩而过

东京樱花的花期，在气候正常的年份，一般都在3月底到4月中旬。今年3月31日，正当樱花已经花开七分、即将进入盛期的时候，我又一次独身一人，悄然坐上了开往成田机场的地铁。列车穿行在东京稠密的楼群之间，窗外人家的院落、寺庙、河堤或公园里，已经一树绚烂的樱花随处可见。它们或独木孤立，或三五为伴，或聚众成林，用淡淡的粉白装点着东京这个特别的季节。

众人素以樱花的规模评判其观赏性的高下，日本几乎所有的"赏樱名所"，樱树无不动辄成百上千，甚至过万。遮天蔽日的盛开之樱固然壮美悦目，然而在我看来却嫌过于热烈张扬。而由于樱花花期过短，这种铺天盖地的张扬便更添了一丝悲剧的意味：既然注定短命，何不既生得艳极一时又死得轰轰烈烈？许多年头花期遭遇恶劣天气，或大风，或暴雨，刚刚才绚烂而开的樱花会立即变成一场纷纷扬扬的"樱雨"飘落而下。一瞬间枝头空落无花，路面落英尽染，让人难免心生美景短促、万物无常的一丝哀叹。即便天气晴好，短短十余天的樱花花期也不过是漫长四季里短短的一瞬。昨天还是花下赏者如云，今天便已花尽人散，徒留一派因曾经繁华而更加彰显的寂然与落寞。与名所之樱相比，我更喜欢散布在无名街角、公园、河堤或人家院落里的孤樱。正因为它们的离群，少了一份喧闹和热烈，而多了一息独处的韵致：没有了众多同类的相拥相伴，孤樱一树绚烂开放的花朵配以其曲曲折折的枝干，其实更显得有形有态、婀娜妙曼。没有了众花竞相盛开的急促，没有了"花见客"集中注视的目光，一株孤樱悄悄地开放，慢慢地凋落，花期在无形间似乎得到了延长，也少了落英缤纷所刻意营造出的那一丝悲伤……其实，这或许只是我因为离别而生出的一点儿闲愁。因为许多年来，我几乎每年都会在樱花即将盛开的时候告别东京，只身回国处理一些其实并不繁多也不紧迫的事务，所以我是无缘看到花落花开的整个过程的。我只是不太明白，自己缺席东京樱花的盛期，到底是一种刻意的选择，还是不经意间形成的一个习惯……

列车驶出城区之后，窗外的视野渐渐开阔了起来。田园春浓，山野翠绿，夹杂其中的樱花，不管是一木独处，还是三五为伴，甚至某处山丘间颇具规模的樱林，都因为满目浓浓的春色而不再像城区中看到的那样醒目和生动。在城市冰冷的建筑群中，初绽的樱花是春天的信使，而在山川郊野，它们只是一棵普通不过的树。这样想想，我曾一度的伤感便在心里烟消云散了：所有这些感慨，只不过是自己的"为赋新词强说愁"而已，与樱花何干？与季节何干？与这座城市何干？

女儿与中文

女儿虽然出生在北京，但从幼儿园时起，就一直生活在东京。女儿有关中国的记忆，绝大多数都是在暑假回国省亲时获得的。虽然有限，但与周围的日本同学相比，显然已经足以让众人对她这位"中国通"仰目而视了。许多人谆谆教诲我说，一定不要让孩子忘了中文。我对此左右为难：举家东渡，除了工作上的客观原因外，唯一主观的愿望，就是为了让孩子摆脱国内应试教育所带来的重荷。日语和中文要彼此兼顾，不是更让孩子难承其重吗？于是我采取了折中的方式，既不刻意将中文作为一门让女儿必须学习的课程，也不放任自流，让她将幼时的那点儿汉语基础彻底遗忘，而是告诉女儿说："在家里不要说日语，道理很简单：爸爸听不懂，所以你的所有要求都不能满足。"这样的状况持续了十多年，女儿对中文虽然不会认更不会写，但起码能够做到对日常用语的听与说。我总是开玩笑说："来这里十多年，你在学中文，我在学日语，都不够努力，所以都难上台面且程度相当。"女儿却笑着反驳道："我的中文程度远比你的日语要好，现在我虽然口说无凭，但总有一天会证明给你看。"

女儿上高中后，一直有勤工俭学的想法。虽然日本法律允许高中生打工，但女儿所在的学校包括我们做父母的，都希望孩子专心于学习，不支持她打工的想法。那段时间里女儿在我面前软磨硬泡，说与其把大量校外时间用在读漫画、看电影上，还不如适当打工，一来可以增加零用钱，二来也可以丰富自己的社会经验。见女儿态度坚决，而且言之有理，我最终还是同意了她的想法。但同时附加了一个条件：就此一个学期，绝对不可延长。女儿第一次去附近的一家便利店面试，回来后情绪沮丧地说："居然没有通过。"我内心窃喜，嘴上却安慰道："看看，日本经济不景气，找个临时工也不容易。这样也好，反正你努力过了，无论结果如何，都不值得遗憾。"第二天一大早女儿就出门了。当日恰逢周末，我以为她像平时一样，和同学结伴去看电影或游玩了。不料午饭时分，女儿早早地就回了家，一脸喜色地对我说道："我被录取了，还是那家便利店。"我细问方知，心有不甘的女儿今天特意去找了店长。她对店长说："这家便利店地处商业旅游区，每天都会有中国游客进店消费，而我来自中国，会讲中文，这是我昨天描述自己的特长时所忽略了的。"而就在此时，恰有一位中国客人进店购物，日本女店员因不懂中文而手足无措，女儿适时地为她轻松解围。店长见状，立即拿出了聘工合同……

女儿难掩得意地说："老爸，我的中文水平远胜你的日语，这回总算证明了吧？让你去超市买东西你都总是知难而退，而我的中文已经可以用来找工作了。"我内心其实还是不希望女儿去打工的，所以这对我而言并不是个好消息。见我一脸落寞，女儿误解地问道："我就这么一说，您还真往心里去了？"

入乡安能就随俗

　　对于国人在境外过马路时不看红绿灯、随地吐痰、高声喧哗等不良行为的指责，时不时就会甚嚣尘上。这些指责虽然有来自外国人的眼睛里难容沙子，但更多的却是我们自己出于被同胞丢人现眼之后的羞愤。指责者总是振振有词地用"入乡随俗"的道理来阐明观点，大意无非是你在国内乱穿乱行、想吐就吐也就罢了，但到了人家外国那地界儿，怎么能像在家里一样随意而为呢？但从国人刚开始走出国门，到现在已经过去了三十多年，这样的现象从未断过，这样的指责当然更是一直不绝于耳。

　　对于类似这样恨铁不成钢的指责，我内心总有种难以说清的复杂情绪，常常只能化为一声沉重的叹息。

　　想起去年有一次在北京乘坐地铁，当时适逢十一长假，平日就拥挤不堪的车厢里更是人满为患。车到雍和宫站，我身边挤上来一对母子。母亲五十出头，儿子二十来岁，从二人的穿着一看就知道来自农村。小伙子不光衣服褴褛不堪、油渍斑斑，而且浑身还散发着一股难闻的汗臭。尽管车厢里拥挤难耐，但他周围的乘客还是尽可能地纷纷躲避。众人除了眼睛里明显厌恶的神色之外，有的甚至嘟嘟囔囔地发出了抱怨之声。我紧邻二人，从他们的低声交谈中得知，小伙子在北京打工，十一长假特意将远在湖北老家的母亲接到首都，今天是陪她去看天安门。小伙子沉浸在母子团聚、绕膝尽孝的幸福之中，断然没有看见四周那些嫌弃的目光和鄙夷的神情……毋庸置疑，这是一个本分勤劳的青年、一个善良温情的儿子，他对母亲的悉心照顾，让我不由自主地心生感动。尽管我也知道，作为一个外地来京的务工人员，其生存环境的恶劣和经济状况的窘迫，使他们根本无暇也无能力考虑到自身的个人卫生。但尽管我对同乘之人的鄙视和责难感到不公和愤怒，但自己却也无法做到爱屋及乌，以此缓解那种强烈气味所带来的生理性不适。

与此同理，我虽然对国人在海外所表现出来的种种所谓陋习深感不适，但却同样对种种堂而皇之的大声斥责不以为然。我们要想让来京务工者个个变得衣洁身净，光靠鄙视和斥责不可能解决任何问题，而是应该呼吁提高这些为城市建设做出非常贡献的劳动者的待遇，改善他们的生存环境。同样，我们要想在国际大家庭中成为不被另眼相看的一员，需要做的也不是整天牢骚式的指责和嘲讽，而是从倡导文明规范做起，从提高社会整体素质的努力做起。

那时，入乡随俗才可能成为一种自然。

现实主义者该做谁的粉丝

一个旅日多年的朋友见面诉苦说，他的女儿刚上初中，就和班上许多其他日本女孩子一样，喜欢上了一个近年非常走红的歌手组合。不光购买新碟、收集形形色色的相关纪念品，而且不惜用自己有限的零花钱去听他们的现场音乐会，俨然成了该组合所谓的"粉丝"。我虽然口头上说这不过是孩子的个人爱好，同样的情形在中学生中比比皆是，劝朋友不必如此小题大做、忧心忡忡，但内心其实却同样充满了疑惑：我虽然理解孩子们追星的快乐，只是如此奢侈的消费，果真是物有所值吗？对此其实没有答案的自问，我只能以"子非鱼，安知鱼之乐"而聊以自慰。

其实，我对"粉丝"一词是由衷反感的。因为初见粉丝的疯狂，是二十年前的事了。那时我在文化部上班，因工作关系，别人送来几张在首体举行的香港某天王演唱会的门票。约朋友去看，结果刚开始就让我浑身直起鸡皮疙瘩：那位不男不女的天王对着人群发嗲地喊：哪边掌声更热烈，我就把身上的小珠珠揪下来抛给你们。于是整个首体掌声雷动，此起彼伏。更有许多少男少女眼含热泪，奋不顾身地一次次试图冲破保安人墙，为的只是能触碰一下天王的玉手……天王一支歌没有唱完，我就丝毫不念门票的昂贵而义无反顾地离场了。我当时心中充满不解：名气冲天的天王，原来如此令人作呕。如此令人作呕的人，居然拥有如此疯狂而可笑的所谓粉丝……

后来有关疯狂追星的故事，频频见诸报端，其中不乏走火入魔、让人匪夷所思的事件。与之相比，当年在工体那些粉丝们的表现，已经是再正常不过了。尽管司空见惯，但我还是对追星者们心怀不解：有那些精力、那些金钱，能干多少真正享受人生的事情，干吗非跟在那些与你毫无关系的陌生人屁股后头，像一群傻兮兮的无头苍蝇一样？但我的观点却立即遭到了追星者们的嘲笑：你是一个庸俗的现实主义者，根本无法理解精神世界的快乐。

我想反驳他们说，蛾虫飞身扑火、瘾者舍命吸毒，何尝不认为自己在体会追逐光明或飞升天堂的快乐，可他们想过这种快乐的意义和代价吗？但我最终却选择了沉默，因为追星者或许会说：两种价值观完全不同的人，还谈什么代价！

粉丝的类型很多，粉名人的、粉美女的、粉富豪的……我总在疑惑：一个现实主义者，究竟会做什么人的粉丝？

道德的价格

无论身处国内还是国外，电视新闻报道里总会看到这样的镜头：面对那些需要通过社会捐助方能度过困境的落难之人，众人纷纷伸出援手。既有腰包鼓鼓者出手大方，奉上成捆的大额现金；也有囊中羞涩者慷慨解囊，掏出数量有限的几张钞票；更有不少小朋友将自己积攒多日的储钱罐当场砸碎，将一把把的硬币倒进捐助箱……在这样的镜头之下，我们总会听到播音员充满煽情意味的慷慨陈词，无非是诸如爱心无价，捐一万和捐一分同样情谊深重之类的老生常谈。

沉浸在"人间自有真情在"的情境之中，处身世外的观众，往往早已经满心暖意，感动彻底占据了思维的几乎所有空间，对这样几乎已经成为公理的断言，自然不会持有丝毫疑义。但在我看来，所谓爱心不可用金钱衡量、道德无法量化之类的说法，除了其表述过于笼统和模糊之外，其实更有刻意安慰因捐赠额不等而有可能带来的心理落差之嫌。而对于捐赠额之差后果的担心，恰恰说明在人们理性的意识里，并不否认"爱心分大小、美德有高下"这一事实的存在。对于有些身价不菲的富豪而言，看似一掷千金的巨额捐助，其实只不过是自己资产的九牛一毛。而对于那些将积攒了数年零花钱的储钱罐打碎的孩子而言，却实实在在是倾其所有、分文不留的"裸捐"。虽然两者的实际捐赠额有云泥之别，但让我更为感动的却是后者。更何况纵观世界各地慈善现状，一些看似充满善心的高调捐赠，相信很多人都和我一样，从中看到了诸如广告炒作、以物质换地位、用利益赚身份之类的世俗动机。爱心或美德的大小高低确实不能用金钱的多少来衡量，但却并非无法量化比较。表达慈善之心、悲悯之情的纯粹性和给付额度与自己拥有所占的比例，就是判断爱心大小的最直接的参数。一个乞者将手中唯一的面包给了更饥饿的他人，与坐拥千亩良田的财东搭棚舍粥相比，前者更容易让人感动的原因，就是因为人们心里其实早就有了判断和衡量的标准。

也就是说，其实我们每个人的心里，早就存有一架用来衡量道德含金量的天平。

得失之间

　　旅日十余年，每次回国，都免不了和昔日老友聚饮闲谈。看到我既没有发财，又没有高升，甚至依旧保持着过去那种闲散慵懒的生活状态，连一点儿留洋的痕迹都看不出来，朋友们总会不解地问："你对十几年前所做的出国选择，现在觉得后悔吗？"每遇此问，我都无言以对，因为这也是我常常在内心自问却无法找到准确答案的一道难题。

　　要说一点儿不后悔，那显然是违心之言。十余年前，我放弃了在出版社一份悠闲且自由的工作，带着年幼的女儿东渡扶桑，与已经在那里就职的妻子团聚，从此开始了漫长的"家庭妇男"的生活，其巨大的心理落差是可想而知的；在国内时，我在文学圈和评论界有着比较丰厚的人脉资源，新作的出版和宣传做起来水到渠成、得心应手。而远离故土之后，不是人走茶凉，就是鞭长莫及，新作的出版无论从版式设计还是宣传推广，都较以前远为艰难；近十几年正是国内经济高速增长的时期，许多行业投资机会多、利润空间大，使得许多昔日的友人发财致富。数年不见，大家一个个豪宅靓车，出手阔绰，确实让人心生羡慕；在国内时，我朋友众多，常常聚饮欢谈，纵论古今。而在言语不通、人地两生的他乡，生活注定会变得单调无聊、寂寞寡趣……

但要说完全后悔，却似乎也是不实之谈。我是一个看重家庭和亲情的人，与所谓的事业相比，我更愿意选择给妻女一个舒适自由的生活空间。东渡十余年，我笔名"亦夫"增添了许多新的注解：亦是伙夫，亦是车夫，亦是更夫……作为一个家庭妇男，我不仅陪伴在妻女身旁，而且尽力为她们提供了周到的后勤保障。这在我看来，远比多写一部书、多谋一份功利要有价值和意义；我本来就是一介书生，即便当初选择留在国内，估计也依旧无缘商海、无缘投机致富、无缘豪宅靓车的富贵生活；十余年旅居海外，生活与在国内时相比，确实孤独寂寞了许多，但也正是这份孤独和寂寞，让我过去浮躁不堪的心日益沉静，也正是这份孤独和寂寞，给我提供了大量读书、写作和思考的时间。这十余年里，我自认不论是散文、随笔还是长篇小说的创作，不但数量远超从前，而且因为心境的安宁和阅历的增加，作品的品格也有了明显的提升……

十余年的光阴稍纵即逝，数年前随着女儿升入高中，我终于有时间开始在东京和北京两地间来回游走。曾经远离的圈子和亲友、一度淡忘的故土和风光，再一次渐渐变得熟悉和清晰。近日因新书出版一事回京小住，这座与我曾分离长达十多年的城市，竟然感受不到任何陌生。昨天我去小区的早市买菜，穿梭在摩肩接踵的人流之中，我忽然对曾苦闷于胸的有关得失的自问忘得干干净净，脑海中甚至有几分恍惚：我真的如此漫长地离开过这里吗？

关于苦黄瓜的联想

西北地理环境严酷，在我的记忆中，老家乡亲们种得最多的蔬菜就是黄瓜和西红柿。它们既是餐餐上桌的菜肴，又是小孩手中不离的水果。黄瓜和西红柿普遍受人青睐的原因，不光是因为廉价而美味，更是因为它们适应苦境，容易栽培。西红柿从种下到成熟，尚须提防家禽鸟雀将果子啄坏，而作为土生土长品种的黄瓜，则要"贱命易养"得多。因为易活并多产，黄瓜成为了我儿时最为廉价的菜蔬。乡亲们甚至在菜圃里对黄瓜架毫不设防，任淘气的孩子们顺手牵羊，随意摘来充饥解渴。

黄瓜是如此大量而普通的物件，好像毫不起眼，无足轻重。甚至遭人蹂躏作践，也只会逆来顺受，而不会有任何的脾气。但令我感到意外的是，看上去如此卑微的黄瓜，居然也是有脾气的：有时候你顺手摘来一根黄瓜，大大咧咧地一口咬去，它却没有带给你理所当然的脆甜爽口，而恶作剧般忽然变得味如黄连，让你满口苦涩，气噎喉堵，原本一快口腹之欲的满腔兴致顿时全无……

那时乡人缺乏基本的科学常识，根本不知道这只是因为特定温湿变化而引起苦味素积累所致，而是将其原因解释为如果有人误踩了黄瓜的藤蔓，黄瓜就会变得苦涩。这样的因果论在我幼小的内心引发了巨大的惶恐：世间万事万物，无论何等微贱，也不会甘做任人宰割的羔羊，就连平素一直隐忍不发的小小黄瓜，其实也是大有脾气的。这样的联想无形中让我的少年狂妄有所收敛，而渐渐形成了对看似弱小事物怀有敬畏的自觉。如今我依然清楚地记得，从那以后，我再也不敢对自己豢养的一只小黑狗像过去那样随意踢打。因为我怀疑平素绕膝摇尾的驯顺狗儿，说不准什么时候就会冷不丁狠狠地咬它的主人一口……

现在，每当在生活中遇见有人在欺凌弱者后，还飞扬跋扈地说："就欺负你了怎么着？有脾气吗？"我总会无端想起小时候黄瓜变苦的事来，然后又会可笑地生出另外的疑惑：我离开故乡已经二十来年了，尤其在来日本之后再也没有吃到发苦的黄瓜。这是因为自己没有机会遇到呢，还是黄瓜已经不再发苦，彻底地没有了脾气？

对女儿的励志方式

　　也许是天性使然，抑或是我过度宽松甚至纵容的结果，女儿自小就不爱学习，成绩一直在班上处于中下水平。中考前夕，班主任老师就报考学校一事与我谈话，说女儿所报志愿偏高，与她的状况不符，肯定难以考上。我回来将老师的意思转达给女儿，并劝慰她说，那所女子高校虽好，但离家太远，还不如就近找一所普通学校，这样早上起码可以多赖床一个小时。不料女儿说，老师这样判断，是基于我平日没有把时间花在学习上，我临阵磨枪，一定能心想事成。我虽然持怀疑态度，但却不好泼冷水，便让她按自己的想法填写了志愿。发榜当日，我怕女儿遭受落榜的打击，临行前特意安慰她说，考上考不上都无所谓，不要太在意。令我大感意外的是，通过考前短短两个多月的努力，女儿果真如愿考上了自己中意的那所都立女子高校。

　　上高中后，女儿又恢复了昔日对待学习的散漫。尽管学习成绩一直名落孙山，但无论小学、初中还是高中，女儿都是班上的"人气者"，深得同学们的好评和拥戴。班上各类课余活动或学校里的许多竞赛、演出，女儿几乎无一例外地担当了组织者的角色，忙前忙后，不亦乐乎。妻子对此忧心忡忡，时常会在我耳边叨唠，说日本虽然教育资源过剩，上个大学易如反掌，但名校竞争同样激烈，女儿这样"不务正业"，你这个当爹的，居然就能这样放任自流？而我会自嘲地说，既然竞争激烈，我们就无须参与，一来把机会让给别人，算是积德修行；二来即便有机会，我也从未打算把女儿培养成什么所谓的精英。我唯一的希望，就是她能平安而快乐地生活。

甚至对于上大学一事，我也是这样对女儿说的：你愿意读就读，不愿意读也不必勉强。如果想读而没有考上，爸爸送你去美国或回中国上学，反正不必因为高考给自己徒添压力。但高考前半年，女儿还是像中考一样开始突击。她一有空就伏案学习，累得小脸瘦了一圈。我不忍，便经常劝她不必如此努力，结果总会遭到妻子的嗔怪："你不给孩子加油，反倒要拖后腿！"高考的结果是女儿被日本一所普通大学录取，而非她理想中的名校。发榜那几日，女儿一直闷闷不乐，甚至打算复读再考。这个想法让我非常不安，我一遍遍做女儿的思想工作：入名校者，都是自小就学习用功的孩子，你即便勉强考上，也会在那样的氛围中备感压抑；对于以后入职而言，选择专业远比选择学校重要；小学初中高中一路学来，总算可以轻松一下了，干吗要自己给自己无端加压？这个暑假该去和朋友们远游购物，尽情娱乐才对……算我巧舌如簧，终于说服女儿放弃了复读再考的打算。妻子看到我兴高采烈的样子，一声长叹："别人都望子成龙，你这样的爹简直让人无语。"

四月份女儿如期去大学报到，而且很快就喜欢上了新的环境、新的朋友。看到她每天快乐而充实的样子，我觉得让她从曾经所谓失利的负面情绪中走出来，并不觉得迁就是人生的失败，这才是最有效且值得的励志方式……

非对称镜像

在日本人处世之道中，不给别人增添麻烦是极为重要也非常普遍的一个自觉。一个相识多年的老友甚至说，如果有一天自己犯了心脏病，而恰巧看见我从远处走来，他会做的是赶紧躲到看不见的角落里，等我走开后再想法打急救电话。我不无嘲笑地说，你们日本人这种想法挺二的。可能我还没有走远，你就嘎巴一声过去了。我这么说不是成心驳他，而是确实有几分不解。给别人添乱，是任何文化背景下的人都不屑而为或不好意思而为的事，日本人一样，中国人也一样。可是，别人是什么？是与己无关的旁人，如果连自己的朋友都认为是别人的话，那岂不太不懂友谊之重、太拿朋友当外人了吗？还有，所谓添乱，多指无端叨扰或无理强求，都命悬一线了，麻烦对方打个急救电话或帮忙送院就医，能算得上是添乱吗？

日本人的这一普遍存在的心理机制，表现出来的就是民众整体性的内省、克己和自肃。"3·11"东日本大地震中日本人种种冷静而秩序井然的行为模式，几乎感动了整个世界，被作为极高的国民素质而受到了众口一词的褒奖。但同时，这一特质表现在一个个体身上，则呈现出不近人情的中性情绪，有时甚至可以归类为无情和冷漠。看日本电视节目，因种种意外事件而失去生命的罹难者的亲人在接受采访时，他们绝对不会像中国人那样难掩悲情甚至大放悲声，而是会像一个个毫无感情流露的新闻发言人一样，对由于这次事故给相关部门、相关人士所带去的"迷惑"表示歉意。刚来日本的时候，每当看到这样的镜头，我都难免产生强烈的怀疑：骨肉至亲命丧黄泉，居然能如此镇静、如此顾全礼数，不是他们的亲缘关系有假，就是生者和死者之间本来就相互不睦甚至心存怨恨。但随着在日本居住时间的延长，当我真正了解了这个民族的性格特点以后，虽然当初的震惊已经变成了习以为常，但心里多多少少还是有点儿难以接受的。

前几天，有个朋友第一次来日本观光。晚上一起吃饭，他非常动容地说，刚才自己找不到会面的地点，就手拿纸条，随便找了一个路人请教。那位路人见很难用日语给他说清楚，竟带着他穿过三条大街，亲自将他送到了饭店门口。我对朋友说：在中国，如果有人这样待你，你可以感动，因为那标志着对方和你之间气场相接，有一见如故的亲切。但在日本，这只是一种普遍而普通的礼仪，与感觉无关，与热情无关，甚至与你这个人都无关。

观镜，并非一定会看到真相，你首先需要了解的，是镜面的特征。

对两缸观赏鱼的漫想

日本孩子对未来职业的梦想，和中国孩子有着非常大的不同。我们中国的孩子一旦被问及将来长大后想干什么，大多会一脸豪气地答出"科学家""作家""航天员"等其实机会罕而又罕、人数少而又少的职业。即便理想是"医生"或"环卫工人"这样相对普通的职业，孩子们也会在其前面冠以"救死扶伤的医生"和"让我们的地球能变得更美丽的环卫工人"。总之无一不是与崇高、庄严和出人头地发生关联。而日本孩子在表达自己关于以后职业的愿望时，则完全是五花八门，什么"护士""面包师""理发师""花工""门卫"，几乎无所不包。甚至有的孩子理想的工作会是"一周打工两天，五天用来睡觉"或"只要离开这个地方，干什么都行"。

面对这种明显差异，许多国人大发感慨，认为中国式的教育让孩子变得没有了孩子气，所言所行，都只是在被动地践行父母、老师和社会早已为他们规范好了的模式而已。有的甚至上纲上线，将此作为诟病整个社会价值体系的例证。但在我看来，大可不必如此。两国孩子面对职业理想的不同表现，其实远不只是教育理念有所差异这么简单，而是与大到国家状态、民族性格，小到生活准则、行为模式的一切因素息息相关。诚然，一脸稚气的孩子们张口闭口是一些听上去与年龄不符的豪言壮语让人担忧，但自幼就将人生理想世俗化、务实化的环境，就一定能让人对他们的未来了无顾虑吗？假大空的崇高理想难免会让有些孩子自小就变得好高骛远，但随心所欲的人生规划何尝就不会对某些儿童造成暴殄天物的遗憾？

我曾在一家卖观赏鱼和花卉的小店里看到过令人深有所思的一幕：两个鱼缸里不同的两群鱼，因品种性格不同，前者条条无声无息却在规整划一地同向游动，后者尾尾龙腾虎跃却在杂乱无章地率意而行，于是看似完全淹没于群体的前者所形成的合力，却远比看似个性分明的后者要强大许多。在我看来，这也是日本人和中国人的区别。日本是世界公认的经济强国，但同时也是一个等级森严、个性几无施展空间的国度。由此联想缸中的鱼儿，我在赞许形成强大合力的鱼群的同时，却并不羡慕那一尾尾彻底遗忘了个体理想的鱼儿。

因为我想问，它们抛却个性和人生更丰富的可能，看似随遇而安、无怨无悔的内心深处，真的全是毫无憾意的自由和快乐吗？

钢琴与棉花

女儿三岁的时候，因为妻子工作的原因，我们举家移居到日本生活。安顿下来不久，妻子和我商量说，想送孩子去幼儿钢琴班学习。我问：为什么？妻子其实也不知道为什么，她的理由很简单：认识的华人朋友，几乎都把孩子送去学钢琴了。我本来想说：干吗要跟风，别人学，我们就一定要学吗？应该按照孩子的兴趣因材施教。但一个三岁的孩子，谁知道会有什么兴趣。我只好对妻子有约在先：送去学可以，但如果孩子没兴趣，我们不可有任何强迫。于是很快在距住所很近的一家钢琴教室报了名，一周两次，每次三个小时。刚开始送女儿去的时候，她表现得兴趣满满，甚至上课的时间比我记得还清楚。我心下暗暗庆幸：幸亏我没有一意孤行，否则会可惜了孩子或许潜在的艺术天赋。但这种高兴没有持续多久，很快孩子就对老师布置的枯燥的练习反感起来，不但在家里不愿练琴，就连每次上课都变成了一件难事。一个月之后，我就让女儿退班了。我后来才明白，女儿开始之所以表现得兴致颇高，只是一时的新鲜感而已。

对此，无论妻子还是朋友，都说我对孩子太迁就了。因为孩子其实也没几个愿意天天去幼儿园、去学校的，难道因为不情愿就随便退学吗？我想反驳说：世上可学的东西多了，什么舞蹈班、画画班、武术班、柔道班、棒球班、乒乓球班……而且如果强拿出绝对的狠心强迫孩子去学，也没有什么不能学下来的，难道你们会给孩子去报所有的班吗？但话到嘴边，我却又咽了回去。因为这样的话，对于将学钢琴和上学视为同等重要的他们而言，显然是没有说服力的。

就我认识的人而言，热衷于送幼小的孩子去学钢琴的国人，比例远大于日本人。这开始令我有些不解，但很快我就释然了：这不仅与国人希望孩子成龙成凤这种一贯宏大的教育观遥相呼应，而且更缘于对所谓高雅艺术因无缘接近而产生的神秘膜拜。他们内心的预想，并不真正与音乐有关，而只是这样一幅模糊的画面：庄严的音乐厅、优雅高贵的听众，而那个坐在钢琴前身着燕尾服的，竟然是自己的儿女……其实这样的场景除了满足自己毫无意义的虚荣心，一点儿都不美妙。因为在我看来，如果没有对音乐本身的陶醉，漫长枯燥时光里的弹琴训练，与工匠们弹棉花并无二致。

有人说，鸡蛋好吃，何必认识下蛋的那只鸡。如果强迫其实没有兴趣的孩子去学琴，那就不仅是强迫孩子去认识那只鸡，而是要变成那只鸡了。

成见的教训

日本木造"一户建",在经过十年到十五年的时间后,按常规需要对外墙和屋顶做一次重新涂装与保养,以修补裂缝、恢复外观和强化防漏、保温等基本功能。对此,我以前其实并不知道。我所住的小区,共有近三十幢一户建,是十年前建成并出售的。去年开始,我发现小区不少住户的房子四周相继搭起了脚手架,大有你追我赶的凑热闹之势。我不明就里,询问邻居后才知道房子十年到十五年需要外墙涂装的"常识"。而大家之所以如此集中,则是因为当时即将迎来消费税从5%~8%的这一历史性转变,赶在之前,就能节约下数万日元。

还没容我考虑此事,就有一家又一家涂装公司的营业员找上门来,展示自己公司实力和业绩,免费为你测量面积、提供预算。日本商家"顾客就是上帝"的服务理念是全球出名的,那些上门推销的营业员,一个个毕恭毕敬的态度,让原本就面子有些薄的我几乎无法拒绝。刚开始来的几家公司,我还能说些诸如"今年是否涂装,尚未定,定下来一定考虑贵社"之类的搪塞之词,但等有家公司那个彬彬有礼、看上去甚至有几分腼腆的营业员再度登门时,我想都没有再想地说:"好吧,就定你家公司来做吧。"

出于对日本公司诚信守则的高度信任，我当时几乎没有细看协议的内容。只是用手摸了摸他们带来的粉刷后的样本，觉得与几个邻居家的效果相同，就毫不迟疑地在协议上盖章签字。第二天，公司派人拉来一卡车钢管之类的东西，开始搭设脚手架，悬挂防溅网，一切都按部就班地进行。我想着"两到三周"的工期之后，房子焕然一新，心里自然充满欣喜和期待。不料刚短短一周，刷墙的工人们便告诉我：已经完工，明日来拆脚手架。这让我大感意外，我将新刷的墙面和邻居家做了比较，别人家涂层很厚，如裹了一层橡胶，而我家涂层偏薄，完全没有当初手摸样本时的效果。等当初那个营业员再次上门，我细问缘由，却道这是因为采取的工法不同所致。别人家所用的工法为"大波工法"，而他们公司对所有用户采取的则是"细波工法"。我问两者有何不同，回答则是：效果完全相同，现在细波工法更流行。态度依旧恭敬而热情，让我只能连连说："哦，明白了，明白了。"

但工期明显偏短、效果完全不同的结局，让我还是对营业员的解释开始产生怀疑。上网调查一番，两种工法确实为不同的公司和客户所选用，据称效果差别也不是很大，但最大的区别在于：细波工法比大波工法用时、用工和用料都大幅减少！我据此再和营业员交涉时，尽管对方依旧态度十分谦卑而友好，却拿出白纸黑字的内容让我无话可说：协议中只有每平方米的造价，既没有用料的标准，也没有工法的限制！而我提到当初的样本时，他拿出来的是和现在效果完全相同的"细波工法"的样本，且信誓旦旦地说，当初送来的就是这张。

我无法由此就将这家公司的行为定义为"恶德"甚至"欺诈"，但吃一堑长一智，这次经验让我尝到了成见带来的教训：以后做任何决定，都应该对相应背景有足够的了解，而不是仅凭印象就一任他人……

奔跑的盛宴

　　十多年前刚来东京定居的时候，让我有新鲜感的事情并不多：虽身处异邦，但同是黄皮肤黑头发的亚洲人；虽言语各异，但到处都有汉字写成的招牌；虽整洁有序得有些超乎想象，但自然环境和我国南方的沿海城市大致相当……即便是铺天盖地盛开的樱花、婀娜的和服女人这样东瀛独有的景致，也因为以前从电影、图片上多次看到，自然也不会有太多新鲜感。现在回想起来，刚来日本不久，让我最感到不可思议的，却是普通得不能再普通的鲤鱼。

　　虽说鲤鱼再普通不过，但我在日本所见的情形却大不相同：无论是在神社、寺庙或公园的水塘里，还是在普通人家庭院的盆池中，都可以看到那种被称为"锦鲤"的五彩斑斓的鲤鱼。它们之所以让我感到惊讶，一是因为数量众多，二是缘于体形硕大。在住地附近的一家神社内，我第一次站在木桥上，看见下边池水中缓慢游动的鱼群时，其密集度让我脑子里浮起的，居然是"拥挤不堪""鱼山鱼海""水泄不通"这些毫无美感的词汇，是乡下赶集时那几乎让人窒息的场面。另外，这种被无数人誉为具有极高美感的观赏鱼，也因为其寿命可达近百年并一直养尊处优，而呈现出大腹便便甚至脑满肠肥的姿态，让我实在无语以赞。除了这些被人饲养的锦鲤之外，日本许多河流或野塘中，也到处可见鳞片呈灰黑色的普通鲤鱼。这些在国内常见的品种，居然也一个个体大而肥硕，像一群群条件优越的退休老人一样，饱食终日而无所事事地享受着闲适到了无聊程度的生活。我问朋友为什么这么多的野鱼无人问津，是否日本相关法律禁止垂钓，结果却被告知是因为日本人不吃鲤鱼。这个回答令我大惑莫解：那些色泽鲜艳、用于观赏的锦鲤不忍入口倒可理解，这种普通的鲤鱼，有何道理不上餐桌？朋友却说，事实就是这样，缘由自己也不太清楚。后来也和别人谈起同样的问题，有的说是日本人不吃河鱼，是因为河鱼不卫生；有的则说外国人大部分都不吃鲤鱼，是因为曾经一度，鲤鱼大量繁殖，到了成为公害的程度……虽然我并不知道真正的原因，但我总会不屑地脱口道：这只是饱汉的矫情罢了。什么不吃，饿他三日，只有鲤鱼，你看他吃还是不吃？

我之所以这样抬杠，是因为想起了儿时乡下的生活。在西北那片贫瘠的土地上，由于粮食短缺，几乎所有活物都难逃人类饥饿的大口。我多少次目睹至今令我在脑海里挥之不去的情景：偶然一只野兔从田野间惊起，立即会有成群的耕田者手执利器，兴奋地加入围剿的行列……

那只亡命逃窜的兔子，在饱人眼中，是可怜可爱的宠物；在饥汉眼中，则是令人馋涎欲滴的红烧兔肉，是正在奔跑的盛宴……

被囚禁的果实

在我东京住所的不远处，有一家公司的货场。货场是用一人多高的铁丝网围成的。在其东南角上，生有一株看样子树龄不小的桃树。货场空旷而了无生机，这株被围在铁丝网中的桃树，终年孤零零地站在那里，一无所伴，总给人一种被囚禁或被流放的感觉。

我总觉得，一个被孤立的生命，无论是植物还是动物，都难逃在短暂的时间内走向衰落甚至灭亡的宿命。但十余年观察下来，这株桃树却一次又一次地颠覆了我的观念。每逢春来，老桃树总是繁花满枝，状极绚烂。随后新芽绽出，绿叶密布，在整个夏日里沐浴着阳光和海风，一派欣欣向荣。它与不远处旧中川两岸茂密的树木遥遥相对，似乎不但并无孤单之感，反而随风摇曳，大有尽显一木独秀的招摇之嫌。搬到此处的第一年，我目睹此景，曾哑然失笑：动物强作欢颜，只是为了掩饰顾影自怜的酸楚；植物虚张声势，不过为了抗衡身陷孤地的苦厄。春华易显，秋实难得，到了收获的季节才会见到真相。但令我惊诧不已的是，当老桃树繁花落尽的时候，枝头上竟然布满了小若米粒的果子。这些果子日渐长大，当秋天到来的时候，居然硕果累累，变成了挂满一树、看上去饱满多汁的水蜜桃。

仰望着满树果实，这株老树如此旺盛的生命力自然让我惊叹不已。每逢路过树下，我都会羡慕地想：等到了收获的时候，看着这些诱人的果实被它的主人们采摘下来，小心而整齐地码放进筐内，或成为馈赠亲朋的礼品，或成为入口的美味，大树如果有知，该产生多么强烈的慰藉和自豪？然而事情的结局却让我的猜想又一次偏离了轨道：满树的鲜桃始终和这株老树一样无人问津，熟而自落，落而自腐，直到秋天将尽、寒冬即至的时候，所有的果子都变作了树下稀烂的污物……

我开始时对此极为震惊，觉得这简直无异于暴殄天物。但同样的情景年复一年，我甚至连一丝不愤都消失了：日本许多人有非专业生产而不食的习惯，他们自家院里所种树上的果实，无论柿子、柚子还是别的品种，都从不采摘，而是任野鸟叼食，任其自生自灭。私宅里的果树尚且如此，更何况这株公司货场里的老桃树了。

这些果实看似悲惨的命运，其实并非被遗忘，而是源于一种与我认知相悖的习俗的囚禁……

被豢养的一生

　　客居日本十多年，认识我的人都一直说我是"闲人一枚"。这种说法的根据，无非是我很少外出工作，即便偶然兼职，也很快就难耐其烦地辞掉不干，而是长年累月地待在家中。他们说这话的时候，表情既有羡慕又有不屑：要是大家都可以像你一样吃穿不愁，谁会不喜欢成为自由自在的"闲人一枚"？其实这完全是一种误解，我经年宅而不出，看似赋闲，其实只是职业特点使然：辞去国内某出版社编辑之职后，我就一直是个卖文为生的人，而写作这种高度自我和独立的职业，恰恰是非常适合居家而为的。也就是说，我虽然在家却并非赋闲。何况以我的性格，如果不去工作或去做自己喜欢的事，就算衣食无忧，也不可能获得所谓"自由的快乐"。

　　我向来认为，人生一切情绪，如果没有其对立面的陪衬，都会减弱甚至失去原本的意义。不经历苦难，幸福感就会无从谈起。没有束缚，自由就显得无足轻重。未曾忙碌，悠闲如何能让人神往？……即所谓"无下则无上，无低则无高"。这绝不是唱高调式的刻意解释，而是真实地发自我的内心：多年的所见所闻及所思所想，早已让我形成并固化了这一判断。

　　十几年来我一直有午后长距离行走的习惯。距家仅数百米之遥的旧中川沿岸，四季风景秀美而独特，一直是我行走路线的首选。日复一日，年复一年，河岸两旁的一草一木、一沙一石都变得熟悉不过。但让我感触最深的，却既不是初春盛开的樱花、深秋枯黄的苇丛，也不是河面盘飞的白鹭、水中遨游的鱼虾，而是生活在河边的那一群群灰色的野鸽。东京鸽子分布颇广且数量众多，公园、广场、河岸等地随处可见。与东京同样数量众多的乌鸦被人厌恶和驱逐的命运不同，鸽子以其被认定的美好形象受到人们的喜爱和恩宠。几乎凡是有鸽子的地方，就有买来面包等食物投喂的游人。看着在人类面前得宠的鸽子，躲在一旁树枝上的乌鸦们，想来心里一定充满了羡慕嫉妒恨。生活在旧中川沿岸的鸽子，待遇自然也不例外。无论春夏秋冬，也不管黄昏清晨，河边总有定期或临时为它们投食的游人。我惊讶地发现，经年累月悠闲自在的生活，让河边的鸽群发生了明显的变化：它们一个个看上去大腹便便、行动缓慢，不是在草地上悠然漫步，就是在河堤上晒着太阳。因为高度满足，鸽子们的眼神中呈现出一种无所事事的茫然和空洞，面对投食者抛在眼前的美食，也全然没有一丝人们想象中的欣喜……

　　每次看到那些养尊处优的鸽群，我心中都会生出莫名的感慨：它们那些整日为觅食而四处奔波、不停飞翔的同类，或许一生憧憬的就是这样的生活。但对于旧中川沿岸这些梦想成真的鸽子，我却觉得更为悲哀，因为前者只是偶然厌倦了飞翔，而后者却是彻底遗忘了飞翔。如果鸟儿遗忘了飞翔，即便被终生豢养，也是残缺的一生、无聊的一生。

　　鸟如此，人亦然。

鱼群

与成长、求学和工作多年的中国北方相比，我客居十多年的东京，是一个四季很不分明的地方。尤其是北国最具代表意义的冬季，在这里也变得特征模糊：有些树木的叶子掉落了，而长青植物依然将到处装点得绿色一片；偶然也会下一场雪，但基本上都是即落即化，很少有积雪成景的时候；河边的苇子枯黄了，但河面上依旧雀鸣鸭唱、雁飞鹭立……春夏秋冬四季的交替，在这里都是缓慢渐变的。相邻的两季之间，总会有相当长一段界限模糊的交叉时节。

每一样动物和植物，都有其判定季节的标志。于我，判定这片他乡冬天的标志，不是偶然的落雪，不是枯黄的苇丛，也不是大街上行人着装的变化，而是栖息在旧中川里的鱼群。

旧中川是一条从我住所附近蜿蜒而过的小河，也是我每天黄昏散步的必经之所。在清澈的河水中，生活着一种我不明其类的鱼儿。它们通体灰黑，相貌平平，幼时小如子孑，大时长可盈尺。相同大小的鱼儿结群生活，少则数十条，多可百余条。大大小小的鱼群像一个个神秘的影子，在旧中川平静却终日奔流不息的河水里时隐时现。深秋的气温升降骤变，即便一场零散的飘雪也不能说明冬天的来临。根据我多年行走旧中川沿岸的经验，当那些影子般的鱼群全部消失不见的时候，冬天才真正地到来了。因为在我看来，沉静寂寥、苍凉肃穆的河流，才是它在冬天里应该呈现的样子。

漫长的冬季里，我总是忍不住在想一个或许在别人看来很无聊的问题：那些鱼群，此刻究竟去了哪里？每天行走在这条沉默的河流的沿岸，入眼的景色与深秋并无二致，但缺少了鱼群时隐时现的身影，我内心顿时少了一份秋天的充盈与喧闹，而多了一丝冬日的寥落和寂寞。

其实，对于鱼群在这个季节的缺席，却有远比我感到寂寞的人，那就是旧中川两岸一批固执的钓者。言其固执，并不是因为除冬天之外，他们春夏秋三个季节都会守候在河岸，而是他们垂钓的动机：不为食用，也不为创收，钓者将咬钩的鱼儿钓起，放入身旁的水桶，临行前却将桶中的鱼儿又悉数放归河流……钓者多是些沿岸居住的老人，他们仅仅是为垂钓而垂钓的，动机只是消磨自己内容越来越缺少的年迈时光。

整个冬天里，旧中川里没有了鱼群，更没有了沿岸钓者们石像般纹丝不动的身影。我沿岸而行，在水中寻觅鱼群的目光一天比一天变得急切。我知道自己并不是在等待春天的到来，而只是假想在没有诱饵和陷阱的情况下，鱼群会呈现出怎样自由和快乐的姿态。但结局却是千篇一律的：当春天到来、水温变暖的时候，鱼群开始出现在水中，钓者也准时出现在了岸边。

有时我会恍有所悟，自己对鱼群伤痛的悲悯不过是一种自作多情，鱼群和钓者对冬天的同时缺席，或许正是他们彼此的默契……

一头猪的宿命

　　每当听到有人说：没吃过猪肉，还没见过猪跑、没听过猪哼哼吗？我就下意识地想反驳：就算吃过猪肉，你也未必见过猪跑、听过猪哼哼！这并非我故意抬杠，而是旅日十数年来自己的切身感受：日本超市里各种各样的鲜猪肉及其制品琳琅满目，餐馆里以猪肉为原料的菜肴各式各样，但我在生活里却几乎从来没有见到过一头活猪。人头攒动、繁忙异常的东京城里没有，周边的卫星镇里没有，就连我去身为农民的友人家做客，在地处深山奥野的日本乡下，也从来没有见到过一头活猪。乡居生活中看不见猪跑，听不见猪的哼哼声，于我这个自幼生活在西北僻壤的乡人而言，总是显得陌生和充满缺憾。

　　承载了我漫长童年时光的西北乡下，是一块贫瘠和被遗忘的土地。与那些因为生活艰辛而情感粗糙、性格乖戾的村人们相比，一头牛、一条狗、一窝兔子、一群野鸟更能安慰一个懵懂少年的寂寞内心。甚至圈养在土院后部的一头猪，仿佛也能在无忧无虑地吃睡之余，慷慨地赠予我一道关注的目光，回应我两声友善的问候。乡下日子终年清苦，平日饭菜难见油腥，过年时所杀的几头年猪，几乎是全村老少一年四季仅有的口福。年猪来自生产队公栏里的畜群，而每家每户养在后院的肉猪，则是用来卖钱贴补家用的。每逢过年，我挤在看热闹的人群中，看村里的壮汉们手起刀落地屠宰年猪，总会不由自主地想起自家后院里那头小猪，那头在我用割来的野草和麦麸喂养得越来越壮实的小猪。我庆幸它不是生产队公栏里的一头，因此可以远离这样血腥的杀戮。那时尽管我也是一个嗜肉如命的饥渴少年，但那头小猪在我眼里却不是红烧猪肉，而是我可以满怀喜悦地看见猪跑、听见猪哼哼的亲密伙伴。

一个买来时只有十来斤重的小猪，在我日复一日的喂养中，变得越来越大，越来越壮实，和我这个饲养者的感情也越来越深厚。我每天放学后的第一件事，就是拎起镰刀竹笼，外出去割猪草。回来将猪草切碎并拌上麦麸或米糠，在食槽里加水搅拌。在这个时候，那头慵懒的猪就会从整日的迷睡中醒过来，一边不停地在猪栏里来回走动，一边发出兴奋的叫声……这叫声如此亲密，像是对一种深厚友谊的热烈礼赞，总带给我寂寞童年一份奢侈的欢乐。

很快就到出栏的时候了。父亲和叔叔试图将它缚住四足装进架子车，无奈它仿佛预感了自己的命运而拼死抵抗，让两个大人束手无策……这时我出面了，它认为自己完全可以信赖的饲养者出面了！我跟在父亲的身后，这头猪则跟在我的身后，像去赶一场乡集一般，如影相随地去了镇上的生猪收购点……

在回来的路上，我一路无语，虽然我不会亲眼见到这头猪被屠宰的过程，但我知道那是它的宿命。父亲给我买了一支钢笔做奖励，这个期待已久的礼物让我喜悦的同时，又让我觉得自己是一个可耻的背叛者。我背叛了一份长久的信任，我用那头猪的信任谋杀了它……

那是一个春天的午后，万物竞相生长，一份复杂的情绪也开始在一个少年的心中生长……

蝎子

　　不久前在日本看到一则电视新闻，有人"密输"各类珍稀动物入境，当作宠物私下贩卖。这些动物中既有指猴、侏儒鳄，也有蛇、蜥蜴、箭蛙和蝎子，种类繁多且多为珍稀品种。其中数量最多的，是一种名为非洲帝王蝎的蝎子。它们体色黝黑，与普通蝎子相比，体形堪称巨大。看着电视画面上一只只双螯高举、毒钩微翘、随时准备进入攻击状态的蝎子，我忽然一阵头皮发紧，浑身上下都觉得不自在起来。蝎子，这种久违的生物，无意间忽然唤醒了我许多遥远的儿时记忆。

　　自从进城求学工作以后，除了在餐桌上见过作为食物的油炸蝎子，别说野生蝎子，我似乎连一只人工饲育的活物都没有见过。而在儿时的西北乡下，蝎子却是一种与人们生活息息相关的生物。蝎子虽然几乎无所不在，但却是个神秘的隐者：白天人们很难看到它们的身影，夜间的墙壁上、家具下、灶台间、炕席旁，随时都可能看见它们的影子一闪而过，令人心生不安而难以入眠。尽管被蝎子蜇就如同被黄蜂、蜜蜂蜇一样，在乡下司空见惯，但我挨蜇的经历，却至今想起来仍心有余悸：小学五年级那年一个盛夏的清晨，母亲喊醒我，说她要去割麦子了，让我早饭后去地里帮忙。饭后我顺手摘下挂在墙上的草帽，往脑袋上一扣便出了家门。还没走出村口，我忽然觉得头皮针刺般地疼了一下，我以为是草帽中麦秆的倒刺，便下意识地转了转帽檐，不料头皮上立即又传来一下更重的刺痛。我慌忙摘下草帽，这才发现里面有一只蝎子赫然入目。我返家将那只蝎子放进一个空瓶子，然后再次去自留地帮母亲收麦子。也许是蝎毒的作用，也许只是心理因素，整个上午我都感觉头昏脑涨，一点儿也打不起精神……

但与这点小小的疼痛和不安相比，蝎子带给我童年的，却是更多的快乐和更大的实惠：全蝎是一味名贵中药，设在天度镇的药材公司常年收购活蝎，于是夏天里抓蝎子就成了我们小孩子最乐此不疲的一件美事。夜深人静之后，我们或单独、或与兄弟结伴，带上手电筒、夹子和玻璃瓶，在四周的村宅住房、牛舍马厩、油坊砖厂等处随意游荡，从墙缝或各种大小不一的洞窟中寻找蝎子。被灯光照住的蝎子一般不会受惊逃生，而是要么一动不动地待着，要么做出一副决斗的架势。但不论什么样的姿态，结局都是被我们用夹子夹住，变成了瓶中的俘虏。运气好的时候，一晚上可逮到满满一瓶，次日拿到镇上卖掉，就可换来文具、课外书或者商店里一直令自己垂涎三尺的零食。

进城求学工作以后，蝎子这种在乡下无处不在又随时隐身的神秘生物，只是偶然以油炸蝎子的形式出现在饭局的餐桌上，而我从未尝过一口。它是用毒针带给我痛苦记忆的仇敌，还是施我以恩惠的天赐之物，我说不清楚。但这两点都不是我拒绝不食的原因，我之所以不吃蝎子，是因为我偏执地认为如果那样做，是在撕裂、嚼碎和吞咽自己一段儿时的记忆……

我的残疾朋友

　　我的残疾朋友是一条流浪猫。皮毛呈深褐色，带有黑色斑纹，短尾、尖耳、体形中等，就是那种极普通的家养品种。说它残疾，是因为那是一条瘸腿猫：左前爪不知因为何故而缺失，长短不一的四肢让它走路的姿势有几分古怪。正是身体的这一缺陷，使它在同类中显得形象独特而醒目，突兀地进入了我的视线，并在日久的观察中渐渐为我所熟悉。

　　我在日本的住所地处东京下町，附近狭窄阴暗的小巷里，残存着许多年代久远的人家、作坊、酒肆和小吃店，行走着和建筑一样古旧苍老的世居者。多雨时节，潮湿的空气，长满绿色苔藓的甬道，一段竹篱，几道垂帘，让我总是恍惚并非身处异国，而是行走在某个遥远的前朝，或穿梭在对某部小说场景的记忆中。家附近有一条弧形小街，逼仄而曲折，两旁均为看上去颇有历史感的老式一户建。这个小巷是我去车站的必经之地。刚搬来那阵，我每经此地，都为那里不同寻常的光景而惊讶：小街两侧的空地、墙垛、屋顶，甚至高高的烟囱上，到处都是猫！或三五成群，或形影相吊，或懒睡静卧，或奔跑戏耍，白的黑的，胖的瘦的，足有数十只之多。以至于我一度将这条小街称为"猫巷"。日子久了，渐渐熟悉起来，方知这些皆为附近一带的流浪猫和遭遗弃者。集中于此，缘于巷中一位寡居老妇多年来的善心救助。她不仅向这些无家可归者敞开了院房，而且提供一日三餐，绝无中断。我从那些猫的身上已经看不到早先流浪的窘迫，它们悠闲舒适，从容镇静。我甚至从它们投向路人的目光中，读出了尊者的不屑与漠然。

人与动物和谐相处、看上去一派盛世太平的"猫巷"，让我却无缘由地心生厌倦。

第一年冬天来临的时候，总有两件事让我烦心：乌鸦总是将不知从何处偷来的生肉或其他美食埋在我家的花盆里，弄得门前一片狼藉；我刚刚新洗的车子前盖上，总会适时印上野兽带泥的爪痕。我是在愤怒中认识那只瘸腿猫的，不可避免地带有偏见。我认定那只左脚残疾却异常诡异机敏的流浪猫，是在有意和我作对，将我新洗的车子弄脏只是它闲暇生活的一桩乐子。但在日后更多的观察和接触中，我才意识到自己愤怒中的判断有多么荒唐：瘸腿猫只是在利用车子发动机的余热取暖。我因为要出行才洗车，车因为使用才有余热，猫因为有余热才上前盖。挑衅是对偶然事件的尾随性对应，而瘸腿猫对我看似挑衅的行为，却是一种必然……瘸腿猫不是"猫巷"中的一员，它是一个孤独的流浪者。它的身影不时出现在附近的河畔、公园、树丛或垃圾场，警觉、敏锐、狡黠，对一切都充满怀疑和顾虑。

瘸腿、毛色脏乱、走姿可笑的残疾猫，越来越以特立独行的品格为我所喜爱。我数次试图诱之以腥，与它建立起亲密的友谊。但它看着我面前的美食，都毫不迟疑地选择了远离。现在称它为我的残疾朋友，只是自己一厢情愿的自作多情。我不知道它前肢致残的原因，但相信那于它是一段铭心的记忆。在那只猫的眼中，我不是它的朋友，而只是生存环境中的一个因素，甚至可能是一个陷阱。

其实，它眼中看到的，或许才是世界的真相。

对爬虫命运的猜想

　　书斋阔大的落地玻璃窗外，是一隅幽草静覆的小小庭园。我总是喜欢在窗前置一矮桌，盘腿而坐，或阅读或书写，或品茗或小酌。春夏秋冬，雷雨霜雪，这里于我，都是喧嚣纷扰的东京的一处隐所，让我淡忘江湖之累，心归自然与野趣。庭院小得微不足道，生长在其中的，无非是贫贱无名、适应酷境的野草绿藻；不过一生短促、自生自灭的飞蛾昆虫。偶然才会有的几朵野花，路过歇脚的蜻蜓蝴蝶，都是这片孤独而闭塞之地难得的盛景。这让我常常想起儿时乡下的新年，由于终年贫困寂寞，一顿略带油腥的饭菜，就能成为我心目中极其珍贵的人生盛宴。人的幸福感往往是通过比较而出的，如果日子变成了餐餐美味、顿顿珍馐，还有什么会成为心目中的盛宴？

　　今年夏天，小园里忽然来了一位不速之客：一条浑身土黄、上有黑色斑纹的蜥蜴！它第一次现身，只是在篱墙上探头探脑地走了一遭。我开始以为它和那些飞蜂舞蝶一样，只是一个歇脚的过客。不料以后的日子里，我几乎天天可以看到它在小园中出没的身影，于是我知道寂寞之地里迁居了尊贵珍稀的新住户。我对蜥蜴的生活习性一无所知，但从其残缺的断尾推测，它不久前曾经历过一场九死一生的磨难。断尾蜥蜴大部分时间里隐身不显，我每天见到它的时候，都是它在那段篱墙上缓慢地散步或安静地晒着太阳，看上去像一个悠闲自得、安享晚景的老人。此后不久，我惊讶地发现，它断掉的尾巴居然很快重新长了出来，爬行的速度也变得灵活而敏捷，简直就如同返老还童、浑身焕发出了新的活力一样……我正暗自为这只蜥蜴旺盛的生命力而赞叹，它却明显地开始变得憔悴起来：日渐消瘦，皮肤无光，垂头丧气，步履蹒跚……我不由得琢磨它或许是患了病，或者是不为人所知的爬虫世界里发生了饥馑之灾。就在我试图探寻究竟的时候，有一天却发现，在篱墙上出现的，竟然再一次是一只断了尾巴的蜥蜴！于是我释然地想，原来并非断尾蜥蜴的尾巴已经再生，而是它有了生活伴侣。我甚至可笑地觉得，那只尾巴完好的新郎蜥蜴之所以看上去疲倦不堪，只是因为新婚期过于贪欢所致……

这个短暂而暑热的夏天里，那种我在分类学上不知所属的爬虫，突兀地出现在我书斋窗外的隐所里。对它们命运的猜测和探究，越来越吸引了我的注意力和兴趣。我总是长时间地枯坐窗前，一边等待着蜥蜴的现身，一边想着复杂古怪的问题：今天出现在篱墙上的，会是一只断尾的还是全尾的？会是精力充沛的还是疲倦不堪的？如何证实现在这只断尾蜥蜴就是初次所见那只？屡次以不同姿态出现的蜥蜴究竟是相同的一只、是雌雄一对，还是根本就毫无关系的若干只？……对各种各样可能性的猜想，每每会使我陷入严重的思维混乱，头昏脑涨，胸闷气堵，如同遭遇了无法判断的人生难题。

这天出现在篱墙上的，是一只断尾蜥蜴，它一直静卧在那里晒着太阳。我无法断定它是否为最初的那只，但在我眼里，却全然没有了过去那种安闲自得的印象。蜥蜴和我四目相对，我恍惚间似乎看见它不屑地开口道：哪里有什么隐所，人生无处不江湖……

钓鱼

　　十多年前我搬到现居的时候，咫尺之遥的旧中川，还是一条几乎被遗忘的河流。河堤塌陷、桥梁生锈，两岸满是蔓延丛生的杂草。那时的旧中川是荒凉的，除了附近居民偶然沿河岸散步，鲜有外人光顾。但随着东京新的地标建筑"东京天空树"在不远的押上建成，旧中川作为配套观光设施而被大加改造：河道清淤、河堤整修、步道新铺、桥梁重漆……除此之外，还在两侧河岸栽种了成排的樱树，并将整修一新的这一带命名为"旧中川河滨公园"。昔日荒凉的旧中川经过大规模改造，瞬间旧貌变新颜。尤其当春天来临的时候，河两岸成排的樱花一齐盛开，状若笼罩在河流之上彩色的祥云，极其壮观。一时吸引来大批"花见客"，使得这一带整日游人如织，热闹非凡。即便不在花季，旧中川也不复有昔日的寂寞。簇新的红色步道上，一年四季都有人散步、遛狗或长跑。而河流的两岸，则从早到晚都三三两两地坐满了垂钓者。

　　我是先留意到垂钓者的存在，才发现河水中不知何时有了鱼儿。那些我叫不上名字的鱼儿黑背白腹，大的长可盈尺，小的尚不足寸，成群结伙地在水中巡游。我长年有午后暴走的习惯，每次路过钓客身旁，看到他们水桶中钓到的只有小鱼，心中便多有不解：河中大鱼数量如此之众，为何钓到的只有小鱼，莫不是大鱼肉糙而唯小鱼美味？这个疑问在我内心纠结很久，于是便忍不住问教于一个常见的年迈的钓客。老人听罢，淡然一笑道："此言差矣，大小两种鱼并非同类，而属异种，两者所用钓饵完全不同。大鱼食水草，而小鱼吃的是这种软体昆虫。"情况弄清了，可我还是不解："水草为饵，其实更易得，为何不钓大鱼？"年迈的钓客说："因为不忍。"见我一头雾水，老者接着说道："我等钓鱼，既不为吃，也不为卖，纯属消磨时光。钓得的鱼儿最后都会悉数放归河内。小鱼易活且在桶内可储多尾，而大鱼离水易死，这就是没人钓大鱼的原因。"我听后不禁哑然失笑："这还能叫不忍？就如同人们杀猪而食，被所谓的善人们指责为残忍。而吃素的善人们虽不杀猪取肉，却用刀子在猪身上刺捅取乐。你说说谁更自私、更残忍？"钓鱼的老者听后倒也不生气，而是咧嘴笑了："话就看怎么说了，前者舍身提供果腹之物，后者忍痛提供消遣之用，反正得利者都是人类，所以要说自私和残忍，得利者皆如此，无所谓更与不更。"

老钓客的话竟让我一时无言。因为我一直对旧中川改造工程拍手称快，而正是这项让我觉得赏心悦目的工程，让河里原本就有的鱼儿们暴露在了游客的视线之下，也就引来了越来越多的垂钓者。在这个意义上，我也是一个得利者，我对钓客们居高临下的指责，只不过是五十步笑百步而已……

相遇

　　一条名叫旧中川的小河，从我居所附近蜿蜒穿过，不知起源，不知终所，永远像一个毫无表情的过客。十年前我刚搬到现居的时候，旧中川沿岸久疏整治，枯苇零散，步道破落，河堤之上的樱树也多野长失形。那时的旧中川是一条几乎被遗忘的河流，除了樱花盛开季节偶然有人来树下赏花烧烤之外，平日无论春夏秋冬，光顾这条河流的，除了以此处为家的鹭鸶和野鸭之外，就剩下了于黄昏时分来沿岸散步的附近的住民。

　　我就是这些散步者中的一员。

　　其实，看似荒凉寂寥的旧中川，在我眼里呈现而出的，却是一种恬淡自然之美：夕阳倒映河面，鹭鸶翩然飞起，枯苇、衰草和锈迹斑斑的铁桥、护桩，如一段遥远的历史，到处尘封着令人神往的秘密。又像一处悄然世外的桃花源，散发着令人心境豁然的野趣。这在拥挤嘈杂的东京，实属一个难得的隐所。或许这并非我一个人的感觉，那些选择来此散步、遛狗或独坐冥思的人们，想来也有着相同的偏好。十年的时间里，我几乎每天都去河边散步。黄昏的旧中川沿岸，曾经有不少人和我多次擦肩而过，成为彼此脸熟却相互一无所知的同行者。他们和我或长或短地分享过那里血红的夕阳、如雪的落樱或烟雾般的细雨。而在我的记忆中，十年来从未缺席这道风景的，只有一个我迄今不知其名的遛狗老人。

他是我第一次去河边散步时遇到的第一个人。

时值初秋的黄昏，夕阳投射在波光粼粼的旧中川河面上，呈现出一派迷人的金红。远远望去，沿河两岸，只有稀稀落落几个散步者落寞的身影。我沿左岸往西而行，没走出多远，就有一个遛狗者大步流星地从对面远远走了过来。来人身材高大，与之并排而行的，更是一只体形健硕的大型犬。此人穿一身雪白的运动衣，而猛犬的毛色也是通体纯白，两者在光线渐暗的黄昏里，显得十分高大醒目。及至走近，我才发现来者竟然也是个古稀老人，但他步履稳健、精神矍铄，让我在擦肩而过的那一刻，心里禁不住一阵赞叹。

初遇时这种深刻的印象，在随后的时光里，一直在日复一日地重复和强化，以至于在我心目中，老人和狗成了旧中川沿岸不可或缺的一道风景。无论春夏秋冬，不管风雨阴晴，老人和他的爱犬都会于黄昏时分准时出现在旧中川左岸，自西而来，往东而去，无声无息，就如同身旁沉默而亘古不变的河水。除了人犬皆高大醒目之外，老人和他的爱犬总是刻意地保持着相同的服饰，要黑皆黑，要白皆白，如同曾经流行一时的情侣装。其实刚开始的时候，我觉得此举有些过于夸张。但在以后漫长的时日里，我越来越读懂了他们之间的情谊之深。开始的几年里，大多数情况下是大犬的速度比老人快，总是在前方停下来等候主人。但渐渐地，不知是因为快速衰老的原因，还是因为罹患了什么疾病，大犬越来越显得行动迟缓、步履蹒跚，总是老人在前方停住脚步，等待它慢吞吞地赶上来。有几次我看见老人返身回去，蹲在气喘吁吁的老狗身旁，眼神黯然而无助地抚摸着它的头。

十年是一段说长不长、说短也不短的人生光阴，承载这段光阴的旧中川，远比我完整地见证了这里的花开花落和人来人往，也远比我更详细地知道这对老朋友之间曾经的故事。老人和狗都渐渐老去，从去年开始，他们只在天气晴好的时候偶来河边，而且大多数时候只是默默地站在水边。也不知是出于什么心理，我刻意避开了与他们再度擦肩，而是绕过铁桥，将散步线路改成了沿右岸东行。

其实在某种意义上，我并不是与他们相遇，而只是与人生漫长的时光相遇……

冬之樱

　　在去日本之前，关于樱花的印象，除了来自书本上的图片、影视中的画面，最直观的莫过于北京玉渊潭的樱花了。我去玉渊潭赏樱，其实只有有限的三五次，而且每次都是受好酒友人之约，聚饮为主，观花只是个理由。记得总是四月初的当儿，几个朋友相约玉渊潭，在樱花树丛中转悠一圈，然后出了园子，就近找一家酒肆，连吃带喝地进入了当日真正的主题。

　　虽系走马观花，但记忆中的樱花之美，依然让我深受感动：品种不同、色彩各异的樱花满树盛开，虽然每朵单花都显得柔弱和纤细，但却以其数量和规模，集成了蔚为壮观的热烈和灿烂，同时也引来了树下摩肩接踵的观花客。每次饮至微醺和友人告别，我都会心生憾意，觉得在这样春光明媚的日子里，就这样与怒放的樱花匆匆擦面而过，实在是有些辜负它的盛情。

　　十数年前东渡日本后，在这个以樱花为国花的国度里，我对樱花的印象却渐渐发生了越来越大的变化。

　　日本樱花不仅品种多、数量大、分布广，而且赏樱作为一种传统，早已经成了日本人生活中的一件大事。各地每逢樱花盛开，无论是樱树规模盛大的"名所"，还是河堤旁、公园内只有区区数株的寂寞之地，都会有观花客流连其下，与盛开的樱花为伴，赏花饮酒，载歌载舞。樱花花期短暂，瞬间盛开，又瞬间凋谢。赏花者花开而来，花谢即去。除去花开之际这半月左右的日子，一年四季，无花的樱树都孤独而立，再鲜有游人注意到它们的存在。这样热烈却短促的赏花狂欢，就难免带有一丝人生苦短、及时行乐的悲情意味。基于这种感悟，在漫长的岁月里，我对热闹的花期变得冷淡，而是不自觉地开始关注常年处在被遗弃状态下的樱树，并由此对它们有了完全不同的印象和感觉。

樱之花，敏于暖，逢春即绽；樱之叶，敏于寒，遇秋即落。在花开到叶落的春秋两季，樱树都被茂密的叶片覆盖着，与其他普通树木并无二致。在我眼里，樱树真正散发着持久韵致的，其实并不是初春花开一树时那份短暂的喧闹，而是秋天刚至就落光了叶子的枯樱。樱树，尤其是树龄古老的樱树，都有着曲折有致的枝干，在冬日里显得遒劲苍凉，散发着中国水墨画一样疏密得当、浓淡协调的构图意趣，入眼越久，就越有可供回味的韵致。入冬之时，独坐公园一隅，安静地看着周身一株株无花亦无叶的枯樱，再回想初春之际树下人头攒动的赏樱盛况，我昔日对众人盛则趋之若鹜、衰则避之千里的世俗心态的不屑，忽然变得怀疑起来：莫非樱树有灵，它们每年极度香艳一时，只不过是为了转移人们视线的表演，为的就是享受不被关注、不被打扰的安闲？因为世上一切道理是相通的：有多么深刻的关注，就有多么持久的遗忘。

冬樱异于妙曼花期的曲折和含蓄，不是展现给大众的，而是展现给知音的，或者，它只是展现给自己的。

孤樱

　　在去往小村井车站的路上，有一个街角公园。公园很小，设施也极简单，除了一个儿童滑梯、一副高低杠、两把长椅之外，几乎别无他物。不知因为过于简陋，还是处地偏僻，这个公园常年鲜有人踪。如果偶然遇见有人在此盘桓，也多是路过歇脚的流浪汉或醉意朦胧的酒鬼。刚搬来现居之时，我曾多有感叹：建造这样一个无人问津的公园，无异于闲置土地，这在寸土寸金的东京该是多大的浪费？但随着在此居住时间的延长，我对这片无人之地淡淡的惋惜，却渐渐转变成了对公园内一棵樱树深深的哀叹。

　　除了四周的几畦花草，植于入口处的一株樱树，算得上是公园里唯一有高度的植物了。这株孤樱明显属于树龄很长的老木，枝干粗大，树冠茂密，像一个饱经沧桑的沉默的老人。东京地区的樱花八成以上都是花柄纤小、花色粉白的染井吉野，花期一般在三月底到四月初。短短半个月的时间内，樱花骤然开放，又猝然败落，像一场纸火般声势浩大、热烈奔放却无力持久。东京附近所有的赏樱名所，都是樱树扎堆的地方。樱花独木难以成景，只有成群结伙地开放，才能形成蔚为壮观的美景，也才能吸引来摩肩接踵的游人。三月将尽的时候，公园内这株孤樱自然也如期开花了。平心而论，繁花满枝的孤樱高大挺拔、树形优雅，丝毫不逊色于所谓名所内的任何一株同类。但不幸的是东京的樱花太多了，别说僻静公园里一株孤樱，就连附近旧中川边上排成一行的樱林，都因为规模不够而备受冷落。在东京樱花短暂而喧嚣的花期里，幽禁于无人之地的这株孤樱，自然就难逃无人喝彩的宿命：绚烂的樱花热烈开放，然后一夜凋落，无论多么绚烂璀璨，都不会有任何人投来一瞥，更遑论引来一道观赏的目光……

对这株老木孤独和不公命运的哀叹，随着岁月的流逝和心境的变迁，这几年却也越来越淡。渐渐地，我甚至觉得孤樱其实不但不孤独，甚至适得其反：众花为博他人一乐的争奇斗艳，让每一个个体彻底淹没在了群体之中。人们或许会记住粉云般遮天蔽日的樱林，却不会留意到其中的任何一株。而公园里的孤樱，起码有我曾固执地哀叹过它的命运……

如此想想，我哀叹的就不再是樱树，而是别的什么。

静谧的午后

　　我在日本的住所旁有一条名叫旧中川的小河。两岸既有成排的樱花，也有茂密的苇丛。河面不宽，水却清澈见底。摇荡在其中的青青水草，穿梭在河内的尾尾小鱼，在无处不喧嚣纷扰的东京，显出一派难得的悠然和闲散。我有午后到河边凉亭下小坐或沿岸散步的习惯。几年下来，我对四周的一切细节几乎都了如指掌：西岸那家花店的送花车何时会满载鲜花驶过淡蓝色的铁桥；幼儿园的孩子们何时会在老师的带领下，手牵手走进附近的公园；甚至那群肥硕的野鸭几时在空中盘旋飞翔，几时在草丛中悠然踱步……漫步河畔，我心里总会不由得泛上一丝坐拥田园、安享自然的快意，心境顿时变得豁然。

　　去年春天来临后不久，当我去河边散步时，渐渐发现多了一处寻常没有的景致：在跨河铁桥不远处一块平坦的草地上，总是有位老人坐在一株樱花树下，一边喝茶或饮酒，一边漫不经心地翻看着手中的报纸。春天的阳光照射在他的身上，看上去温暖而安详。刚开始几次，我猜想老人可能只是做客附近人家，因喜欢这里的景色而临时来消磨时光。但当我意识到这成为河畔一道固定的风景时，我才对这位衣装朴素却整洁的老人有了一点儿了解：他是新转来此地的一位无家可归者，家就安在那座铁桥底下。我和老人多次相遇，虽然彼此渐渐熟悉起来，却也鲜有交谈。有几次老人邀我坐下同饮，整个过程也几乎是一语不发地看着报纸。这种看似有些漠然甚至古怪的方式，却不但不让我感到别扭，反倒多了份自然和随意，就仿佛我和他并非两个彼此偶遇的陌者，倒像是知根知底、交往了漫长时光的一对老朋友。午后的时间在沐浴万物的阳光中流淌，一如身旁旧中川清凉的流水，不知从何方而来，也不知要去向何方，没有浮躁、没有慌张，只有从容和安详……

从初春到夏天来临，老人一直居住在桥下用纸箱围起来的简陋小屋中。我不知道他的遭遇和处境，甚至不知道他真正的身世。理性告诉我，生活对于一个无家可归者而言，必然存在着这样那样的艰辛和不易，但在我的风景中出现的老人，呈现而出的却只有散淡和悠然。就如同一只候鸟，逐适所而居，随心所欲，自由而快乐。虽然我知道这也许只是磨难人生的一个假象，但我却偏执地宁愿相信它。

今年的樱花又开了，我漫步在旧中川沿岸，看着那棵樱花树下空荡荡的草地，想起去年这里那一个个静谧的午后，觉得那位不知名的老人，其实比我更真切地拥有过这片风景……

孤独的花朵

　　无论身在北京还是东京，若无不便脱身的重要安排，我都会于下午外出快走一小时许。春夏秋冬，风霜雪雨，已经坚持了四五个年头，几乎没有中断过。外出走路运动量适中，适合我人到中年的身体状况。路线可随意更改，每天都有不同的风景可入眼一观。更让我受益匪浅的是，与枯坐书房相比，走路的过程更能让人的思维变得清晰和敏锐，更容易梳理和判定脑子中积攒的存疑和难题。快走真可谓是一种对精神和身体双重有益的运动。

　　在我东京寓所的附近，有一条并不广为人知的小河。河边常年游人稀少，显得寂寞冷清，在繁华忙乱的东京，于我是一处难得的隐所。我闲居东京时的快走路线，几年来几乎都分布在小河一带。东岸西岸、南段北段，步道吊桥、草滩平路，午后都曾留下过我独步的身影。春天来临的时候，河岸两旁的苇子绿了，一坛坛的各色花儿竞相开了。这条平日被遗忘的小河不仅招蜂引蝶，而且吸引了越来越多的"花见客"，河岸两旁日益变得热闹喧嚣。多年来我已经习惯了独行，而且我自作多情地认定，小河在这个季节里呈现出来的色彩斑斓，已经让寂寞之地变得门庭若市，多我少我一个陪客，已经不再重要。于是我刻意避开了昔日常走的路线，另辟蹊径，专门挑选一些人迹罕至的荒途野径，一边疾走一边埋头沉思。

　　一天下午，当我穿过一座废弃的工厂，沿两旁青草没膝的小径绕到一处拐弯的时候，才发现自己走进了一个没有出口的死角。在那里，我惊讶地看见一株不知名的植物于野草丛中鹤立鸡群，显得异常醒目。植物高可齐肩，枝头满是含苞待放的花蕾。看着这片无人光顾的荒僻之地，想想正在河岸占尽春色的群芳众艳，我对这株即将绽放的无名之花浮起一丝怜香惜玉之感：一朵花儿在所有看客缺席状态下的盛开，在我看来是那样地落寞和寂然。我几乎是在一瞬间就决定，自己决意做一名它的"花见客"。

　　从那天起，我将步行的路线固定成了去探望那株孤独之花。一天，两天，三天……花儿依旧没有开放，我却变得越来越急切起来。盼望花开的心情让我总是伫立在它一枝独立的荒凉一隅，久久不愿离开。但这样的状况持续了一周后，我却决意离开了：我是为躲避热闹远离河岸的，为什么却认定它远离花丛就是一种被遗弃的不幸？

　　我想，或许就在我停止前往的那天下午，那株花儿的所有蓓蕾，终于坦然地开放了……

墙上的老钟

　　书房的墙上有一挂石英钟，黑盘白字，黄铜指针。挂钟既非品牌，且功能简之又简，除了可指明当下时间，甚至连显示日期和星期的作用都没有。我已经记不清这只挂钟的来源，是自购于市、友人所赠，还是当年从下关搬至东京时所带来的一件旧物。唯一可以确定的是，它从第一天起就挂在书房的墙上，至少已经在那里默默地陪伴了我十多年。

　　多年以前，日本就开始流行电波表。时间电波由国家授时中心发出，每一只电波表早已经都做到了永远分秒不差、绝对准确。电波表既有指针式的，也有数字式的；既有腕表怀表，也有座钟挂钟……林林总总，凡能想到，必可买到。而且几乎都有年月日星期、湿度温度、夜光显示、闹钟提醒等附加功能，一表多用且价格便宜，早已成了大众消费的首选目标。家里客厅、卧室等处的钟表这几年逐一更新，都从机械式或电子式换成了电波式。唯有书房墙上这挂老钟，被我固执地保留了下来。我此举甚至遭到了女儿半开玩笑的嘲讽："喜欢老古董的人，本身也快是老古董了。"

　　我不舍这挂老钟，其实并非因它默伴多年而生了怀旧之念，也不是心性吝啬不肯弃旧易新，而恰恰因为我感动于这款老钟的简单甚至单调：每当从电脑屏幕上抬起头来，放松一下昏花老眼，墙上这挂黑色老钟偶然会映入眼帘。它永远都是寂寂无声的：没有准点报时、没有闹钟提醒，甚至它匀速走动的秒针都是沉默的，而不会像别的挂钟那样发出悦耳的沙沙声……我有时会理性地想，其实时钟于我这样一个自由散漫的写作者，并没有什么太大的实际意义。白墙上这挂黑色的老钟，甚至作为装饰都有些不太协调。自己又何必如此固执，非得落个抱残守缺的不良口碑？但想归想，这样的念头却从未让我付诸更换的行动。因为于我而言，苍白的理性永远处在感性的下风。这挂老钟，正是以它淳朴的至简，以它安详的沉默，以它终年旁无所顾、默默敬业的姿态，深深地触动了我的内心。在我眼里，它既是一挂老钟，又不是一挂老钟，而更像是一个令我肃然起敬的竞争对手、一个堪为标杆的职业榜样……

今天整整一个上午，我目光落在老钟上多次，才意识到时间居然一直定格在同一刻。细看方知，时针因没电早就停止了摆动。我想也没想，立即给它换上了一节新的电池。看着重新无声开始走动的时针，我原本有几分浮躁的心渐渐变得安静，重新开始了手中的工作……

此"坛"究竟大几许

以前看过一期日本电视节目，印象颇深：某日本当红艺人，被电视台安排到台湾去求证自己的知名度。该男无论是行走在台北的大街小巷，还是跻身于高雄的广场超市，竟无一人能够认出。明星不服气，觉得公众场合过于杂乱，无人相识情有可原，但自己所出演的节目在台湾电视台曾经播出，总不可能没有一人记住自己吧。于是他走到一条住宅街上，挨家挨户地敲门，但凡有人出来，就指着自己的脸问道："仔细看看，您认识我吗？"但得到的回馈不是对方连连摇头，就是一脸疑惑地反问："你神经病啊？"最后该艺人无奈地大发感慨："见惯了被众星捧月的场面，总以为走到哪里都会一样。现在看来，日本还是太小了啊。"

这期节目总让我联想到"圈子"这个词。物以类聚，人以群分，"圈子"既给具有相同爱好和经验的人们提供了相互交流、相互切磋的平台，同时却也是一道无形的樊篱，限制了人们本该扩展的想象，也阻断了他们本该向远方眺望的目光。更可悲的是，对于身处其中的某些人而言，有时"圈子"甚至不是交流的场所，而只是炫技的舞台。面对哪怕只是为数寥寥的几个看客的零星掌声，他们也如同被追光灯照射得炫目的表演者一样，自以为正身处舞台中心，自己的每一招一式，都吸引着所有人的视线，牵动着所有人的神经。这样的自我陶醉，虽然让他们享受了短暂而虚幻的满足感，却失去了客观判断自身和外界的能力，甚至故步自封，彻底丧失了追求上进的动力。

不久之前参加一个活动，出席者是一些在业余时间里写点儿东西的在日华人。其中几位大概是近期字儿写得有些顺手，自然意气风发起来，不仅纵论天下、臧否古今，还动不动开口就是"我们在日华人文坛"如何如何。我听后不仅哑然失笑，不由得又想起曾经看过的那档电视节目来。当红艺人感慨日本太小，毕竟还有数十万平方公里的国土和上亿人口，而在日华人不过几十万，其中真正从事写作的华人又有多少？这个被加注了定语的"文坛"，其大究竟有几许？

井蛙之见是因为条件的局限，如果已经上到地面的青蛙，依然不看四周，只顾脚下，那局限它眼光的，就不再是井口，而是自己的心胸了。

生物学与文学的关系

由于作家身份的原因，许多人在聊天时，总会问及我当初为何会选择中文系。当我告诉他们我在大学读的并非中文系，甚至连文科都不是时，大家的好奇远远大于讶异：与计算机相关的情报学专业，应该远比写作好混饭吃，你为何舍易求难，选择了码字这个既艰辛又无保障的职业？这样的疑问很难回答。因为人到中年的我，似乎同样不知道答案。我总是尴尬一笑，含糊地说：原因不明，大概命运使然。

我高中毕业那年，正赶上哥哥从北大毕业。他建议我报考该校图书馆学与情报学系（现在据说改成了信息管理系）。原因很简单：这个系的毕业生不但工作轻松悠闲，而且无一例外地会分配到省会城市或直辖市，因而在那几年里一直人气高涨。在我就读的那所中学任语文教师的父亲，就此征询我的意见。而我一个连县城都没有走出去过的农家少年，只求脱离农门，哪里还会顾得上什么兴趣爱好或职业梦想？当然只能唯父命是从，而父亲的决定，自然是对在京城求学整整四载、见识和眼界都远在自己之上的我的兄长的建议深信不疑。于是我于当年九月，如愿成为了该系的新生。

刚入学不久，我就觉得所读专业的几乎所有课程都让我觉得索然无味。想想面临的四年漫长时光，我觉得这根本就是一件无法忍受的事。那段时间里，我四处奔走活动，试图转系。也就是在那个时候，我才开始真正考虑到自己的兴趣：高中阶段的所有课程中，尽管我的数理化成绩一直在班上名列前茅，但自己最喜欢的，却是生物课。孟德尔定律中那些不同品种杂交出来的新物种，总是让我感到神奇万分。我觉得只有从事生物学研究，才属于真正的具有创造性的工作。我甚至幻想有朝一日，自己会借此将中国古代神话中的形象变成活生生的现实……但那个年代，转系根本就是一件不可能的事。我试图转读生物学的愿望，当然注定只能变成一声无奈的叹息。

大学毕业后我被分配到国家图书馆工作。由于工作清闲，我在大学时代就开始作为文学票友的业余兴趣，被极大地激发了出来。我就是从那段时间开始，真正地喜欢上了写作，尤其是长篇小说的写作。其实现在看来，我之所以迷恋文学，其实是当年对生物学痴迷与梦想的一种转移：采用文学虚构的方式，同样可以创造一个与现实相去甚远甚至完全无关的奇妙世界。

这样想想，我似乎对自己义无反顾地选择写作为职业的疑问，忽然间找到了答案。当年为转系所付出的努力和所承受的失落，也都顷刻间烟消云散了……

　　几天之前，和几位国内来的朋友吃饭聊天。众人问及我的日语水平，当听到我的回答是"几乎不会"时，他们不是认为我在故作谦虚，就是惊叹我以这样"目不识丁"的状态，居然能在这个异乡一待就是十余年。更有甚者，居然夸我有民族气节，对鬼子的语言不屑一顾。其实我所言非虚：我日语听力的水平是"似懂非懂"，而口语表达更是"词不达意"。如果我说日语，日本人基本没有能听懂的，所以绝无故作谦虚的成分。旅日十余年，我之所以能处之泰然，是因为一来日本到处标有汉字，虽说有时与中文有歧义，但大多数时候都能明白个八九不离十；二来我的朋友多是华人，自然可以不用日语。而为数不多的日本友人，也多是教育、新闻或文化圈中懂点中文的人士，他们更乐于用汉语沟通。至于民族气节之说，那更是无稽之谈，这样的高帽可不是我这样一个务实主义者有资格和胆量去戴的。

　　但在日本居住了十多年，就算日复一日的耳濡目染，日语水平即便并不精到，也应该不至于低下如此。更何况在语言方面我就算没有天分，但也绝非天生愚钝。事实上，之所以造成今天这样的状况，是源于我对日语的刻意抗拒。我不像大部分旅日华人那样，更喜欢和日本人交往，而总是混迹于华人圈；除了直播的突发重大新闻，我很少看日本电视，而总是通过中文网络了解外界信息；我以保证女儿牢记中文的名义严禁家人用日语交流……我之所以独独在语言方面"抵制日货"，跟民族气节或爱国主义毫无关系，而只是因为我的认识使然：我固执地认为，作为一个汉语写作者，任何一种外语的吸收，都会破坏自己汉语的纯粹性。而纯粹性的缺失，必然会影响到落笔时的语感和准确性。在我看来，任何其他语言对相同意思的表达，都如同在原本笔直的大道上生出的岔路，即便不让我这个文字旅人迷失，也会在原本高度自信的内心引起不必要的惶恐。

作为一个虔诚的汉语写作者，汉语就是我的信仰。作为一个务实主义者，它则是我的谋生工具。而我，是过分珍惜这个工具的一个匠人。仅此而已。

水围城

　　我知道老家一款吃食被称为"水围城"的时候，已经是离开农村多年后的事了。在城里一家据说很高档的酒店里，已经混得很有了人模人样的朋友宴客，我被喊去作陪。客人身份重要，朋友又好面子，席上自然是珍馐满布。但一干人却意不在吃而在喝，菜不见动，高端白酒倒是干了一瓶又一瓶。及至宴散之前上来的一道"小吃总汇"，昏头涨脑的宾主这才纷纷掷杯操筷，一边狼吞虎咽，一般连连叫好。其中被称为"水围城"的小吃，更是被加点了一次又一次。我在朋友的力荐下端起一碗，刚吃一口就放下了："什么水围城，不就是过去吃腻了的搅团嘛。"

　　现在进了高档食府、并被冠以雅名的这款吃食，在我贫困的童年时代，是关中乡下最普通也是最普及的果腹之物。因为其做法就是将玉米面粉撒进沸水中搅成团状，因而被直白且不善言辞的乡野秦人称为"搅团"。搅团之所以大行其道，除了做法简单省时、一锅可糊众口、剩饭易存易食等优点外，最主要的原因是当时家家缺少细粮，而用辛辣味重的自制汤料浇在团状的玉米糊糊上，是粗粮得以下咽的有效之道。我说儿时吃腻了搅团其实有点儿矫情，那时虽然常常是中午现吃热搅团，晚上再吃水煎剩搅团，但却还有不少因为缺粮甚至断粮连搅团都没的可吃的时候。在朋友的盛宴上，服务员介绍"水围城"时说，本店"水围城"有玉米面、荞麦面、麦面等多种，但玉米面"水围城"最为正宗。我听后差点儿脱口而出："那时除了懒婆娘图省事，谁舍得拿麦面做搅团啊。"

那份"水围城"最后还是被我吃掉了。细品其味，说是搅团，好像又不是搅团。"水围城"，抑或久违的搅团，在我带着偏见的记忆再次品尝时，却渐渐觉得它确实没有了当初的口感单调与粗劣，而果真如店家所言，美味可口，自成一派。开始我想，手中这份"水围城"，无论所用的玉米面原料，还是浇洒其上的佐汁，一定都远比我儿时所吃的搅团要考究和丰富。就连用来盛饭的细瓷小碗，都不是乡人所用的粗品可以与之同日而语的。但我很快又对这个推断怀疑起来。店家言其正宗，或许正是秉承了关中农人当初的做法，原材和佐料其实都完全与当初无异。而口味之所以会让我觉得美若珍馐，只是自己变了：一个天天粗茶淡饭的人，一顿略带油腥的饭菜会让他视若盛宴；而一个天天大鱼大肉的吃客，偶然的小菜清粥同样会让他回味无穷。

物无绝对好坏之分，而只是以稀为贵。如果地球是金银做成的，那时授爵封侯都不换的，一定不是金银，而是一捧泥土……

戒烟

转眼之间，我戒烟已经超过十年了。

对日本国情熟悉的人，说我戒烟皆因环境使然：日本虽然是烟民大国，但对在公共场所吸烟有着严格规定，无论餐馆、商场、会堂，还是车站、机场、码头，都设有专供吸烟者过瘾的场所。而这些吸烟室多置于隐蔽的一隅，用玻璃门隔离起来，总给人一种被囚禁的感觉。我居住的东京，甚至有多个区规定，在马路上吸烟也是违法的，违反就会被课以罚金。而对日本并不了解的朋友，则笑称我戒烟完全是因为惧内。他们的道理也堂而皇之：你一个不会日语的人，跟随妻子远赴他乡，不仰人鼻息便寸步难行，所以必然惧内。而惧内，老婆如果一声令下，那还不得乖乖戒烟？其实以上两种皆是猜测，我真正戒烟的理由，只不过是缘于和朋友的一次打赌。

由于两家孩子同班之缘，我和来自内蒙古的老李成了朋友。老李在日本某医科大学取得博士学位后，一直留校任教，比我来日本要早十多年。我们刚认识时，恰逢老李正在努力戒烟。他一脸无奈地告诉我说，戒烟实在是件让人痛苦不堪的事，自己常常因为太想烟抽而整夜失眠。有时实在熬不过去，竟会在凌晨时分匆匆穿上衣服，跑到外面的便利店去买烟来抽。我笑他道："既然这么痛苦，又何苦戒它？"老李一声长叹："戒烟的理由多了去了：老婆烦，女儿厌，每月得花不少钱。而且，最大的问题是于健康不利。"于是我又说："既然理由这么充分，那不管多大痛苦都应该不是问题。"这回轮到老李不屑了："站着说话不腰疼！你也来戒一回看看。"我当时立即说："我说戒就戒，咱们以什么做赌？"老李说："一个月内一根不抽，我送你一瓶好酒。如果你做不到，则由你送我。"

我将和老李打赌的事告诉妻女，本来以为会遭到"心血来潮、注定失败"之类的嘲讽，不料娘儿俩异口同声地说："太好了，我们都做你的坚强后盾，鼓励你监督你，相信你一定能戒烟成功。"我本来还有后话："老李真是读博士读傻了，这样的赌居然也打？我和他隔三岔五才见上一面，一个月内抽与没抽，谁能说得清楚？"但妻女的鼓励让我只好把这些话咽进了肚子里，真的开始了戒烟的尝试……抽烟十几年，说戒就戒确实不是一件容易的事，但也没有老李所说得那么痛苦，最难受的其实也就是刚开始的第一周。我之所以顺利渡过难关，并非自己有多大的毅力，而只是每天来自妻女的鼓励，让我对自己无意间夸下的海口无法收场，只能硬着头皮坚持下去……一个月后，我真的戒烟了，而老李却干脆放弃了努力。老李问我打赌的结果，我故意说了谎："确实没有做到，认赌服输，干脆我也别送你酒了，而是改请两家人到外面大吃一顿。"

那天的饭局上，老李心安理得地叙说着戒烟的不易，但他不知，其实这顿饭正是我为了庆祝自己"无心插柳柳成荫"式戒烟的成功。

所谓缘分

　　去年春天的一个周末，日本友人高野约我吃饭。我以为只是周末小酌，不料他不但选的地方颇为正式，而且破例和自己的中国妻子小梅一同等在那里。我问其故，方知当日是他们夫妻相识十周年的纪念日。聚会虽然只有区区三人，但气氛却格外热烈。高野和他的中国妻子深情回忆初识时的细节，让我重温了一遍两人的浪漫故事：十年前高野去中国旅游，随身背包被毛贼窃走，钱包护照等悉数丢失。就在他困居宾馆、欲哭无泪的时候，一个会点儿日语的中国姑娘找上门来，送来了被小偷遗弃的背包，内有护照和被掏空的钱包……高野因此和姑娘结缘，并在相恋三年后结婚。高野看了一眼身旁的小梅，颇有些煽情地感慨道："这真是天下奇缘啊！如果我没有丢包，如果小偷没有扔掉空包，如果扔在了别的地方，如果小梅看到空包后没有理会……如果任何一个如果变成事实，我们俩都会陌路终生，谁也不会知道对方的存在，更别说结为夫妻了。"看着两口子大秀恩爱，我已经到了嘴边的关于缘分的看法，只好就此打住，而是端起酒杯，言不由衷地说："为了你们难得的缘分，干杯！"

　　我向来是不太相信缘分之说的。在我看来，所谓的缘分，只不过是人们对既成事实的一种自我注解，带有非常强烈的主观色彩。我本来想给高野说的是："如果你和小梅终生不遇，你依旧会娶另外一个女人为妻，她依旧会嫁另外一个男人为夫。两段不同的婚姻，必然会有不同版本的故事。而此时此刻，你们也都会在不同的地方，同样叙说着各自所谓难得的缘分。"更何况在我看来，高野和小梅的幸福生活，除了偶然巧合，更带有人为的刻意：小梅自学日语的目的，就是为了能够东渡扶桑。如果那天她拣到的空包里不是高野这个日本人的护照，而是一个中国人的身份证，她也许会选择不加理会，最多也就是将背包交给警察，而绝不会亲自送上门去，并豪爽地为一个陌生的外国人垫付欠资并出借旅费……我并无意否定小梅的动机，追求自己向往的生活是每一个人的权利，别人无权说三道四。我想表达的不过是，每一种相遇，每一段情感，每一桩婚姻，要说缘分都是缘分，要说真相却都不是缘分。

我和高野是多年的酒友，聚饮时常常会喝得酩酊大醉。但在那天庆祝他和小梅相遇十周年的聚会上，我却刻意没有多喝。高野见状，不解地说："这不像你的风格啊，平日里都是举杯就干，今天是个该大喝的好日子，怎么倒变得磨磨叽叽的？"我嘴上推说自己这几日身体欠佳，心里却暗自叫苦：你以为我不想好好喝一顿啊？我只是怕喝高了信口开河，把我对你们所谓缘分的真相说了出来。而事物的真相，往往并不像表象那样美好，也往往是人们所不愿意直面的……

酒场放浪记

日本东京放送（TBS）所属卫视台有一档电视节目，名字就叫"酒场放浪记"。出场者男女兼有，都是诸如作家、演员、模特之类在日本或大或小有些名气的人。节目很简单：本期主角从某车站站口出来，对着镜头闲扯几句诸如天气不错之类的话，然后在附近转悠一圈，顺便介绍一下附近的寺院、古建筑或有特色的行业，天色将晚时则信步进入（我估计是事先设计好的）一家酒馆，开始吃吃喝喝，并与老板娘和酒客们插科打诨地一通聊天、碰杯，待酒意阑珊时出得门来，再对着镜头说两句总结性的酒话，然后转身消失在夜色中……"酒场放浪记"是一档非常受欢迎的"人气节目"，不但收视率很高，就连收录每期内容的录像带都成了空前畅销的商品。

"酒场放浪记"每期节目加上头尾的广告，只不过半个小时，而且内容也千篇一律，似乎毫无新意。我个人因为好酒，喜欢这个栏目自然情有可原，但它能如此赢得观众，却让我难免有些惊诧。有次和一个朋友闲谈，聊及"酒场放浪记"，听到几乎滴酒不沾的他也是此节目的忠实粉丝，我不解地细问其故，他的答案让我颇感意外：喜欢这个节目，其实跟酒没有太大的关系，而是那种"调子"很让人喜欢。见我神色迷惑，朋友便详述道：节目所有人选，虽是名人，但都毫无架子，率性而谦恭，极易让普通大众心生亲近感；所去酒场，皆为隐于小街幽巷的大众酒馆，那些烟熏火燎的老墙、颇具特色的吃食、发生在老板娘身上的故事及酒客们之间随便的笑谈，无不让人产生想置身其中的强烈愿望。不管吃饭或喝酒，人们都有自己喜欢的调子，这个栏目所营造出来的这种淳朴自然的平民格调，当然会吸引广大普通人的眼光。朋友告诉我说，正因为常看该节目，他已经按图索骥地去过好几家节目上所介绍的小店里吃饭……

　　"酒场放浪记"让我立即想到了中国那句老话"酒香不怕巷子深"，其实酒再香，也不会有谁真的会去闻香寻酒。这个节目在我看来，只是为那些居酒屋所做的一个隐形广告。但如此巧妙、不动神色和富有情趣的广告，不得不让人佩服策划者"醉翁之意不在酒"的独到之处。

尴尬的善意

据说，基督教自从传入日本，就一直水土不服。到目前为止，信者不过二百来万，还不及总人口的百分之一。但十几年前移居东瀛之后，我曾数度搬家，而每一次换到新的居处，基督教传教者却都是如影随形，倒给我以基督教在日本已经遍地开花、无所不在的错觉。登门的传教者一般都带有宣传教义的印刷品，虔诚而耐心地给你宣示主的仁慈、博大和无所不能。但他们一般还不等展开话题，就被屋主客气而礼貌地打断了："抱歉，我对此没有兴趣，麻烦以后不要再打扰了。"我虽然是一个无宗教信仰之人，但闲居异乡，时间充裕到了无聊的程度，加上我不忍别人好心上门却失望而归，所以都会拿出最大的耐心来接待上门的传道者。但结果却是他们依然会十分失望：我是一个不太会日语的人，他们无法给我传播主的福音。于是只好从所带资料中找出中文版的塞到我手上，然后匆匆告辞。

这样的结局让我心安理得：不是我不愿听，而是我听不懂。不是我没有耐心，而是我没有能耐。

但这样人我坦然的状况，却很快就发生了逆转。几年前，我搬到现居之后不久的一天，又有传教者按响了门铃。我打开门，来者发现我是个用日语交流煞是费劲的外国人后，留下一份新印刷的汉语宣传资料，嘴里说了两句"下次再来"便匆匆告辞了。我心想这不过是自我安慰的套话罢了，下次再来，还不是无功而返？可令我没有想到的是，第二天果然就又有传道者按响了门铃。这次来的是两个中老年女人。年轻的约莫五十来岁，因患小儿麻痹后遗症而行动不便。而年老的颤颤巍巍，看样子早已过了古稀之年。与以往不同的是，中年妇女开口讲的是中文："您好，我叫伊藤直子，得知您是中国人后，本区教会决定由我们两人负责和您沟通。哦，对了，这位是我母亲。"说实话，伊藤的中文很差，和我的日语水平不相上下，上段开场白是在反复了多遍的情况下我才搞明白的。一个自我介绍尚且如此费力，要讲解深奥的教义，难度可想而知。可一来人家讲的是中文，二来两位一个身体不便、一个年事已高，我实在找不到拒绝的理由，只好一边耐心地听伊藤说教，一边貌似虔诚地提问求解……半个小时候过后，伊藤母女满意地告辞："这些资料您有空好好看看，我们下次再来。"

说实话，伊藤对我所讲的很多来自《圣经》的人生真谛，不仅没有让我豁然开朗，而且越来越心生疑惑。我多次委婉地告诉伊藤，说自己是个悟性很差的愚夫，看来是没有指望了。可伊藤母女却始终热情依旧地定期上门，用磕磕巴巴的中文给我讲解一个又一个的人生命题——伊藤心中的信仰是美好的，因而伊藤母女不辞辛苦地定期上门是善意的；我不忍冷落别人的动机是单纯的，所以我貌似耐心和认真的虚伪也是善意的。而彼此的善意，结出的却是一枚尴尬的果子。

昨天有事外出，回来后看见邮箱里伊藤留下的资料和约定下周二再来的便条，我既无法果断地让这样的局面结束，也依然不觉得自己在某种意义上其实是个罪人……

所谓隐者

自从女儿上高中后，生活渐渐开始自立，我的自由时间也多了起来。于是每逢春天，便从东京回到国内，探亲访友，联系新书出版，参加宣传，回味昔日时光……随心所欲，往往会待上数月之久。在远比东京频繁的各种聚会中，自然既会再晤昔日故友，也会结交陌生新朋。与在东京相对单一的圈子相比，出现在北京饭局酒约上的各色人等，真可谓三教九流、无所不包。

前几日，被一个做电影导演的朋友约去香山，与住在那里的两个艺术家聊天吃饭。其中一个是做音乐的蒙古族人，一个是画画的汉族人。集作曲、写词、演唱、配器于一身的音乐人，在互联网高度发达的时代，居然从来没有上过网，就更别说各类社交软件了。他与极其有限的几个朋友的联系，靠的就是一款简单到只有电话和短信功能的老旧手机。音乐人内敛沉默，看到我对他的生活方式大为感叹，他居然有些不好意思地说："我的观念也在进步，我最近打算上网注册一个邮箱。"而另一位主攻水墨的画家，则要狂放许多。他语言犀利，臧否古今，几乎就没有什么人或事能入他的法眼。尤其他对权贵的蔑视，对追名逐利者的不屑，都让我顿生好感。我内心不由得感叹：香山这个据说是隐居了大批艺术浪人的荒凉之地，果真是藏龙卧虎啊。

　　及至晚饭时分，我们一行数人同去山坡下一处露天排挡。一下午聊得投机，加之又都"同是天涯沦落人"，所以不论菜肴简丰，酒不但一定要喝，而且烈酒必是首选。随着一杯又一杯的二锅头下肚，谈话的氛围却渐渐变得怪异起来：一直平和温婉、看似无欲无求的音乐人开始长吁短叹，内心似乎充满了无限的哀怨。我欲问其故，却被朋友用眼神制止了。与音乐人情绪消沉不同的是，脸色喝得酡红的画家变得越来越亢奋，他不再痛批利欲熏心的"无耻画匠"和权利互换的"不良业界"，而是开始了喋喋不休的自夸：他先说自己是当代中国唯一被某著名国际机构授予什么勋章的画家，然后又开始罗列自己眼下所担任的社会职务，无非就是某画院院长、某某大学客座教授、某某某奖项评委会主席之类……当两瓶二锅头即将见底、豪情万丈的画家又张罗着要开第三瓶的时候，却被我坚决拦住了。画家不满地说："刚才还说一醉方休，你怎么这么不实在？"我说："不让你要酒，就是因为我怕自己醉后太实在而骂人。"画家说："骂人怕什么，我都骂一下午了。"我无奈地说："你骂人我爱听，我骂人你就不一定爱听了。"

　　这顿酒最后的结局很温和：趴桌醉睡的音乐人嘟曦声有些哽咽。画家又兴致勃勃地谈起了最近某权威部门将和自己的一次合作。我则说了一段不痛不痒的废话："当年诸葛亮遁世择茅庐而居，放出绝不掺和政局的高谈，看似隐而不出，实为吸引刘备。刘备一顾不行，二顾还不行，目的就在放大他的期待感。香山其实也是当年的隆中，那些号称躬耕陇亩而心无旁骛的诸葛们，其实时时都在张望着通往山下的红尘之路。只可惜如今隆中客满为患，而惜才执着如刘备者早已经荡然无存……"

性别的深渊

友人跟我诉苦，说某日他应女人甲之邀陪其外出，不意遭遇悍匪劫道。在寒光四射的刀子面前，他不但自己战战兢兢地掏光了腰包，还厉声呵斥了要钱不要命的甲女。结果劫匪走后，甲女对他一通奚落："瞧你那熊样，还算个男人吗？"又说某夜女人乙打来电话，言情绪大好，想约他去酒吧小坐。那时友人已经洗漱完毕，正要上床睡觉，却不忍坏了乙女兴致，即去酒吧与之会合。乙女职位升迁、收获爱情并股市大赢，三喜临门的她不但酒兴盎然，且酒量惊人。酒尽人散时，她将账单很自然地推在了友人面前。钱花得有点儿冤大头，不太会掩饰的友人自然挂在了脸上，于是出门后又遭乙女嘲笑："区区千把块钱，就畏手缩脚的，哪里还有点儿男人样子！告诉你，想和我一同上酒吧的男人要排起队来，不亚于春运时的火车售票处。"……我听后一时无言，只好自嘲相慰："是不是男人，那要看跟谁比了。如果和我比，你已经非常男人了。因为面对类似的情况，而对方又并非密友至亲，我往往会毫无绅士风度地一口回绝。"

无论是女人还是男人自身，从古至今就给男性冠以诸如"七尺汉子""堂堂须眉""阳刚之躯"等溢美之词，仿佛只要你是男人，注定就会顶天立地，天生便能咬钢嚼铁。这样甚嚣尘上的吹捧，无疑便使男人如同舞台上穿起了蟒衣曳撒的武生，早忘记了自己在现实中究竟是长得势如虎狼，还是生得弱不禁风，都不自觉地进入了戏剧的角色，恍惚间成了统领千军万马、即将奔赴沙场的一员猛将，顿时涌出一往无前的满腔豪迈……阴阳有别，雌弱雄强，这是不可更改的自然法则。正因为如此，我同样也对绅士风度和骑士精神怀有敬慕，但却对性别被脸谱化、角色化深不以为然。我在对那些"一怒为红颜""宁舍江山不舍美人"的铁血男儿的侠骨柔情深怀敬意的同时，也对为了所谓"男人的面子"而哑巴吃黄连的可怜虫们充满同情，更是对动不动就以"你还算个男人吗"而苛责或无理要求男人的红粉们不屑一顾。如果遭遇了和友人同样的诘问，我想自己会一脸无辜地说："对不起，让你失望了。但我为什么一定要成为你眼中所谓的男人？"

在北京时我曾在一所美术学院的宿舍楼住过很长时间。满楼男人几乎都风行穿皮靴、梳长辫，有条件者甚至必抽烟斗、必着马裤，因为这些几乎都是那个时代所谓前卫艺术家的标签。有一次，一个外地朋友路过北京时在我的蜗居里小住了几日，临行前他大感不解地问："你住的是剧团的房子吗？那些演员怎么全穿一样的戏装？"